澤村伊智短編集
ひとんち
HITONCHI

目次

光文社文庫

ひとんち　澤村伊智短編集

澤村伊智

光　文　社

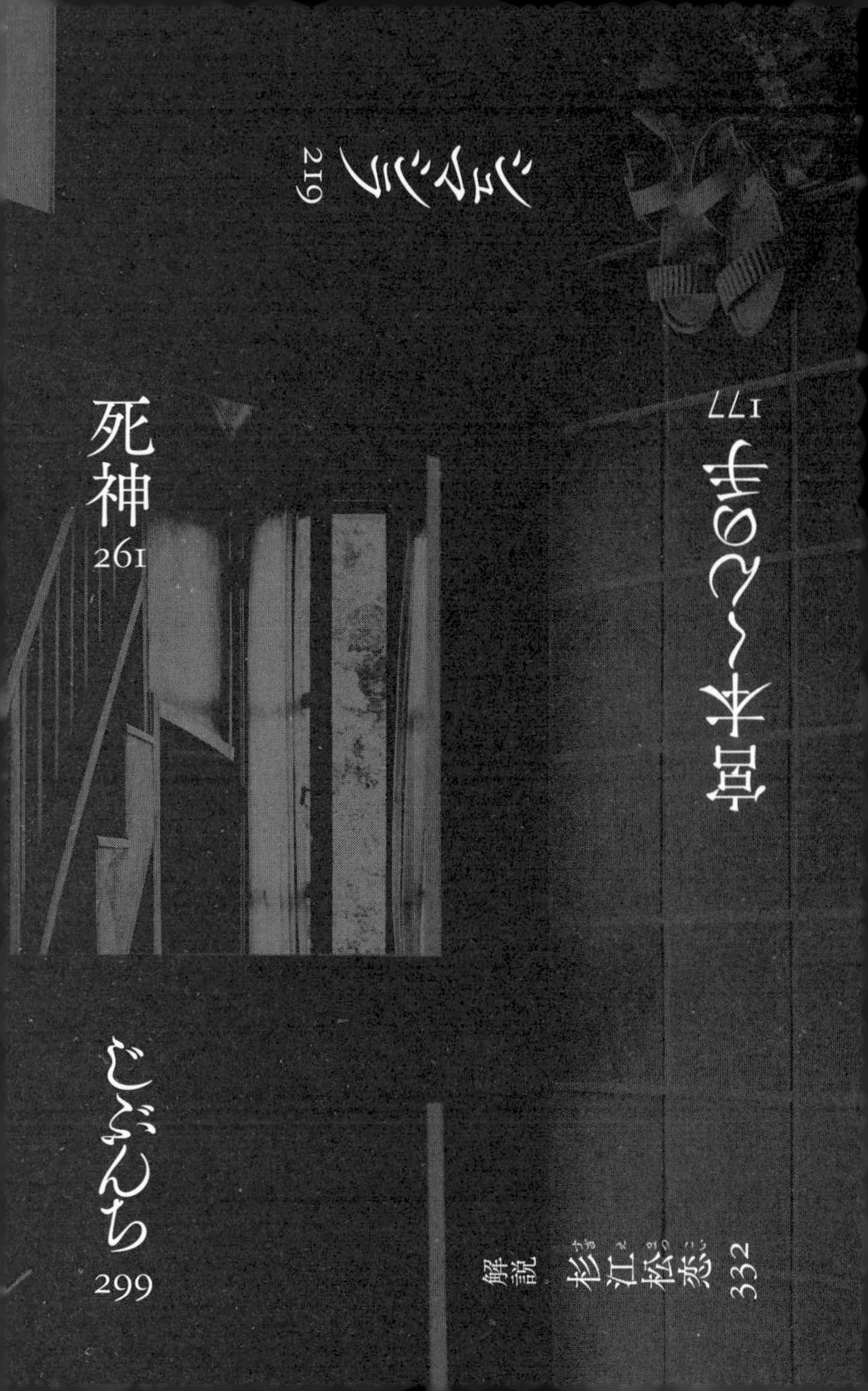

一

「おお、見事な吹き抜けですねえ」

玄関のドアをくぐるなり、恵《けい》ちゃんがそう言って大げさにのけ反《ぞ》った。額の汗を拭《ぬぐ》い、溜息を吐《つ》きながら「白亜のモダンなあしらいが……」と、知ったようなことを口にする。昔のテレビ番組を真似ているのだろう。放っておくとずっと続けるかもしれない。あの番組もナビゲーターが玄関を褒め称えるだけで、五分も十分も使っていた記憶がある。

わたしは恵ちゃんの背中を軽く小突いた。彼女は「あっごめんね歩美《あゆみ》」と笑いながら靴を脱ぐ。彼女の娘の怜《れい》ちゃんは、既に脱ぎ終えた靴を自分で並べ直していた。

「偉いなあ、ちゃんとしてるんだね」

香織《かおり》が微笑しながら言った。訪問を嫌がっている様子は少しも感じられない。よかった。わたしは胸を撫で下ろした。

彼女と、そして恵ちゃんと知り合ったのは、もう十五年も前のことだった。アルバイト先のスーパー「くらしマート」で意気投合して、普段から三人で遊ぶようになった。大学の友人より、彼女たちと一緒にいた記憶の方が濃いくらいだ。同い年なせいもあったのだろう。香織はお嬢様大学に通っていて、恵ちゃんは美容系の専門学生だった。偏差値も趣味嗜好も全然違っていたけれど、不思議と気が合った。

就職して二人とは疎遠になっていたけれど、つい先月、近所のモールで恵ちゃんとばったり再会した。立ち話に一時間、フードコートで二時間。怜ちゃんは嫌がりもせず、むしろ興味津々でわたしたちの話を聞いていた。

彼女は二十四歳で結婚して、三年後に怜ちゃんを授かったという。離婚したのはその翌年。今は美容師をしながら、一人で怜ちゃんを育てているそうだ。

「結局、母さんと同じっていうね」

当時は金髪ロングだった恵ちゃんは、黒髪のベリーショートになっていた。精悍《せいかん》な顔付きだからこっちの方が似合うなと素直に思いつつ、目尻の皺《しわ》がくっきりしているのが気になってもいた。

話の流れで香織に電話すると、三コールで繋《つな》がった。彼女は奇跡的に番号を変えていなかったのだ。会話の中で彼女が実業家と結婚し、専業主婦をしていること、五歳の息子がいることを知った。そして今年の頭に戸建てを購入したことも。

「見に行ってもいい？」

電話を奪い取った恵ちゃんが、野次馬根性を隠さずに訊《き》いた。香織は最初は渋っていたようだが、恵ちゃんに押し切られた形で了承した。

玄関を上がって、香織に導かれるまま、階段を通り越してすぐの部屋に入る。二十畳以上はありそうなリビングダイニングだった。わたしの住むワンルームがすっぽり入りそうなほどだ。

カウンターキッチンの奥には、北欧製らしき巨大な冷蔵庫がでんと置かれていた。

「これはまた洗練されたインテリアですなあ」

恵ちゃんがまたさっきの口調で言う。香織がお淑《しと》やかに笑って、わたしたちをリビングのソファへと導く。適度に涼しい風が全身を撫でる。

バカでかいテレビの前に、小さな男の子が緊張の面持《おもも》ちで突っ立っていた。わたしでも知っている、有名なキッズブランドの服で固めている。

「息子の空《そら》です。空くん、こちらママのお友達」

ごあいさつして、と香織が優しく言うと、空くんははにかみながら、「こんにちは」と丸刈りの頭を下げた。

二

「大人しそうだね空くん。お坊ちゃんっていうか」

水滴の浮いたコップをテーブルに置くと、隣の恵ちゃんは天井を眺《なが》めた。空くんは香織に言われるまま、怜ちゃんを連れて二階へと上がっていた。五歳にして既に個室があるという。

「幼稚園は附属？　ここら辺だとK――とか？」

明《あ》け透《す》けに恵ちゃんが訊くと、向かいに座った香織は、

「ううん、落ちちゃった」

と、残念そうに首を振る。

「そうなんだ」

恵ちゃんは無感情に言うと、再びコップを手にした。半分ほど残った麦茶を飲もうとして、不意に固まる。顔には躊躇《ためら》いのような、不満のような表情が浮かんでいた。

「どうかした？」

香織が首を傾《かし》げた。長い黒髪。服装も立ち振舞いも、学生の頃よりずっと落ち着いているけれど、肌は張りツヤも良く若々しい。二十代でも通るだろう。少なくとも、わたしと同い年には見えない。

恵ちゃんはシミの浮いた顔をしかめて、「いや……なんでもない」と呟《つぶや》く。わたしの脳裏に当時の会話がよぎる。

「あれじゃない？　砂糖」

わたしは訊く。「恵ちゃん家《ち》って、麦茶に砂糖入れるって言ってたじゃん。それでちょ

っとケンカっていうか、言い合いになって」

「そうなの?」

香織が目を丸くする。恵ちゃんは苦虫を噛《か》み潰《つぶ》したような顔で、

「……あれはほら、歩美が有り得ないとか絶対ないとかしつこかったから」

と、わたしを睨《にら》む。確かにそんな記憶がある。彼女のアパートに遊びに行って、そこで発覚したのだ。そういう家庭があると何かで読んだことはあったけれど、実際にやっている人と会うのは初めてだった。

「ごめんね、若かった」

わたしは素直に謝った。恵ちゃんが「うそうそ、根に持ってるとかは全然ないから」と朗《ほが》らかに笑う。

「じゃ、お砂糖持って来るね」

香織がスッと立ち上がった。「紅茶に入れるのでいい?」と訊きながら、キッチンへと向かう。他にも砂糖があるのだろうか。恵ちゃんは「うん、悪いね」と自嘲《じちょう》気味に言う。

香織が持ってきたのはロイヤルコペンハーゲンの砂糖壺だった。

「やっぱこれだ」

砂糖をひと匙《さじ》入れた麦茶を飲み干して、恵ちゃんは「ぷはあ」と息を吐いた。満足そうな顔を眺めていると、

「……家の習慣って、結構違うよね」

自然とそんなことを口にしていた。

「ご飯もそうだけど、その家でしか通用しない呼び方があったり――」

「ある」

恵ちゃんが声を張った。ニヤリと笑みを浮かべると、

「ていうかさ、それ歩美の家が一番変なんだよ。思い出した。ほら、テレビのリモコンのこと、ビシビシって呼んでたんでしょ？」

早口でわたしに問いかける。反撃する気だな、と冷静に考えながらも、頬《ほお》が熱くなるのが分かる。

「……うん」

どうにかうなずく。「あの、弟が小さい時にさ、リモコンいじる時にそんな擬音言ってて、そしたら親にも自分にも伝染《うつ》って」と、訊かれてもいない由来を説明してしまう。

「エアコンのとかは普通なんだっけ？」

恵ちゃんが畳みかける。

「ふ、普通にリモコン」

「へぇえ」

歯を見せて笑う恵ちゃんを見ていると、さらに恥ずかしさが押し寄せた。

香織が口に手を添えて、くすくすと品のいい笑い声を上げる。お嬢様には縁のない話だろうな、庶民の暮らしが垣間見《かいまみ》えて可笑《おか》しいんだろうな、と思っていると、

「うちにもそういうの、あったよ」

彼女は意外なことを言った。わたしが驚くより先に、恵ちゃんが「うそ」と身を乗り出す。香織はうなずくと、

「寝る時におやすみなさいって言うでしょ。あれがね、長いことヤ、ズ、ナ、サ、ー、だった」

「はっ？」

恵ちゃんが怪訝《けげん》な顔で、「それ、英語か何か？」と訊く。

「ううん、あのね」香織は首を振って、「わたしがまだ小さくて舌足らずで、そういう風にしか言えなかったんだって。そこから家族みんな真似して」

歩美ちゃん家と似てるね、とわたしに笑いかけた。何の含みもない、素直な笑顔。

わたしはようやく、自分が卑屈になっていたことに気付いた。格差や今の境遇を比較していたことにも。

あの頃はこんな感じではなかった。違いは意識していたけれど、だからこそ話したり遊んだりするのが楽しかった。

わたしだけが未婚だからだろうか。二人に後れを取っている、負けていると無意識では思っていたのだろうか。そういう考え方は嫌いだったはずなのに。

「ああー」

恵ちゃんがうなった。「うちもそれやってるわ。怜のことたまに『うおしま』って呼んでる。母さんも」

「うおしま？」香織が繰り返した。「どうして？　苗字とも全然――」と言ったところでさりげなく口をつぐむ。元旦那の苗字と関係するかもしれない、と考えたのだろう。わたしもそう推測していた。

沈黙が訪れる直前、

「いや違くて」

恵ちゃんが顔の前で、大げさに手を振った。

「あの子が最初に書いた字が、その四文字だったの。らくがき帳にその並びで。だから意味は全然ないんだけど、なんかあだ名みたいになって。さすがに最近は嫌がってる」

照れ臭そうに説明する。うおしま。怜ちゃんのシュッとした風貌には似合わないけど、だからこそ面白いといえば面白い。香織が「うおしまちゃんかあ」と天井を見上げる。

とと、と軽やかな音が上から響いた。足音かな、と思ったところで、

「怜かな。だったらごめんね」

恵ちゃんが苦々しい顔で詫《わ》びる。香織は「ううん」と手を振って、

「うちのワンちゃんたちだと思う。真上だから」

と言った。

「へえ、飼ってんだ」

「うん」彼女は控え目なVサインを作って、「二匹。でも病気してるから、会わせられないけど」と、残念そうに言う。

だから当初は招くのをためらったのか。わたしはここへ来て腑に落ちる。と同時に、出会った当時のことを思い出す。

「飼いたいって言ってたもんね、前から」

「そうなの。実家には何匹もいたし、それが普通だったから、いつか絶対って」

彼女は嬉しそうに目を細めた。

三

思い出話と近況報告。それだけで三時間が過ぎた。話せば話すほど、記憶が新たに掘り起こされた。今の事務職は先が見えない、彼氏はもう二年いない。飼い猫のミイくんがいればいい、と思いつつ婚活もちょっとやっている——そんな話も自分から、それも面白おかしくできていた。

話が中断したのは、空くんが怜ちゃんと一緒にやって来た時だけだった。

「ワンちゃんとあそんでいい？」

空くんが遠慮がちに訊く。香織は「だあめ」と優しく答えた。

「病気が伝染るかもしれないし」

「でも、はしってるおとしたよ。げんきになったのかも」

「空くんが騒ぐから、興奮してるんじゃない？」

香織はわずかに厳しい顔を作って、「なるべく静かに遊んでね。ゲームしていいから」と言った。

空くんがパッと顔を輝かせた。それを見た怜ちゃんも笑みを浮かべる。すっかり仲良くなったらしい。二人は小走りでリビングを出た。とととと……と階段を駆け上がる音が、心地よく耳に響いた。

ゲームという単語が引き金になったらしく、恵ちゃんが最近ハマっているゲームアプリの話を始めた。勤めている美容院でも流行《はや》っているという。

再びあれこれ話し込んでいるうちに、どういう経緯か、話題は最初の頃に戻っていた。

「怜のクラスにミキトくんって子がいるんだけど」

何杯目かの麦茶に砂糖を入れながら、恵ちゃんは、

「何か訊いた時の返事に、最後ぜったい『ボケ』か『殺すぞ』が付くんだよ」

「ほんと？」

香織が眉をひそめる。わたしは、「それ、関西出身とか？」と訊く。

「あっちの人でたまにいるよね」

「いや、それだったらまあ分かるけど、生まれも育ちもこっち」

「じゃあ、親の育て方か何か……」

「口癖」恵ちゃんは麦茶を一口飲んで、「それもお母さんの。PTAの集まりで話してビックリした。誰に対してもタメ口で、語尾が全部それ」

「うそでしょ？」

わたしは呆《あき》れてソファにもたれた。香織は悩ましい顔でこめかみを押さえる。

「ほんとなんだよねえ。で、一番困るっていうか複雑なのはさ、そのお母さん、むしろイイ人なの。いつもニコニコしてるし気配りもするし、あとPTAの仕事もすごい真面目で。ミキトくんも基本優しいし」

「じゃあそこだけ、その、ズレてるんだ」

へええ、と妙な声が、わたしの口から漏れる。有り得なくはない。ある一点において奇妙だけれど、それ以外は普通。そんな家庭は少なくない。というより、どの家庭もそうかもしれない。程度の差はあるにしても。

「そういえば、高校の時にいたなあ」

香織が遠い目をして、「えっとね、お店――実店舗の概念を知らなかった子」

「どういうこと？」とわたしは訊く。

「ものすごい良家の子で、要するにお買い物に出かける必要のない家だったの」

「それって、親が全部買って来るってこと？」

恵ちゃんが首を捻《ひね》る。

「ううん。お店の方から定期的に、家に売りに来るんだって。百貨店の人とか、あと老舗《しにせ》。お誕生日はシェフや板前さん呼ぶって言ってた」

「うっわあ」

啞然《あぜん》とした様子で恵ちゃんが、

「ってことはさ、逆に登下校は——あ、車で送り迎えか。でも窓から外のお店とか見えるじゃん。それは何だと思ってたの？　その子」

「普通に住む家」香織は大真面目に、「だからパン屋さんがすごくうらやましかったんだって。あそこの家の人はパンに囲まれて暮らしてるって」

「へえ、お菓子の家みたいに」

「そう。で、みんなで説明したらどうにか理解したみたい。一時間くらいかかったけど。そこで初めて『買い食い禁止』の意味が分かって喜んでた。『じゃあ外で買って食べられるんだ！』って」

「いや、だから食べちゃダメだって話でしょ」

恵ちゃんが半笑いで突っ込んだ。

「……でもさ、食生活の違いって、けっこう深刻だよね」

わたしは言った。嫌な記憶を思い出しながら、

「前の彼氏の稔《みのる》がさ、カレー作ってくれたのね。おふくろの味だって。そしたら最悪にマズくて」

「は？　カレーってマズく作れんの？」

恵ちゃんが当然の疑問を口にする。わたしだって夢にも思っていなかった。マズいカレーなど存在するはずがない。そう信じて疑わなかった。その時までは。

「す、酸っぱかったんだよ、端的に言うと。色もなんか白っぽいし、それに何ていうかこう、ダマっぽいというか、分離してるみたいな」

「それ……ほんとにカレー？」恵ちゃんが不快そうに、「違うやつじゃない？　見た目《め》には素直に考えてゲ――」

「言わないで」

わたしは両手をかざして、続きを言うのを阻止した。

「レシピは？」香織が真顔で、「そもそもカレーじゃない可能性もあるよ。元彼さん家でそう呼んでるだけで」

「……ルーじゃなくてカレー粉だったのは覚えてる。他には塩と卵、それからお酢と」

「後半マヨネーズじゃんそれ」

「あと錆《さ》びた釘」

言うなり香織が目を丸くした。恵ちゃんが「何かと間違ってるよね」と呆れる。

黒豆を煮る時の工夫だ。わたしも稔から聞き出してすぐに、そう指摘した。そこから口喧嘩《げんか》が始まって、親をバカにするのかと罵倒《ばとう》されて、あっけなく関係は終わった。

特に後悔はしなかった。あんなカレーを一生食べさせられるのは真っ平だったし、稔のご母堂から受け継ぐのは絶対にご免だった。子供に食べさせる光景を想像するだけで全身に虫唾《むしず》が走った。

「香織ちゃんはそういうのないの？　旦那さんと」

恵ちゃんが訊く。

「全然」彼女は安心した様子で、「あの人、昔からずっとニンジン苦手だけど、すり下ろしたら平気……あ、でも」

不意に悩ましげな顔になって、

「ワンちゃんの餌《えさ》、お台所に置いてたら、たまに食べちゃうのは嫌かも」

と言った。

「それって、ドッグフード？」

わたしは思わず訊いてしまう。自分でも分かるくらい引き気味の声だった。

「まさか」香織は苦笑しながら、「お肉だよ。だいたい豚か鶏。でも味なんか全然付いてないし、安いのだからパサパサだし。それ以前に冷めてるし」

「味覚音痴ってこと？」

「かもね」

彼女は肩をすくめて、「ちょっと思うことはあるよ。ちゃんと作ったローストビーフとか、トンポーローと区別つかないのかなって。この人の中ではぜんぶ一緒なのかなって」

と、寂しそうな笑みを浮かべた。

天井からまた、犬の足音が聞こえた。

四

共同生活は大変だろうな、とわたしは思った。別々の家で育った二人が、一つ屋根の下で暮らす。習慣の違い、言葉の違い。基本は同じだからこそ、お互いの差異がことさら目に付いてしまう。当人はそれが普通だ、当たり前だと思っているからこそ、なかなか理解や配慮ができず衝突してしまう。

一緒に暮らしていなくても、たった一度の食事でどうしようもない溝ができて、ご破算になることさえあるのだ。わたしみたいに。

話の流れで香織は、犬に餌をやりに二階に上がっていった。鍋から取り出したのは大きな塊肉《かたまりにく》だった。形からすると豚の肩ロースだろう。彼女は「安いの」と謙遜《けんそん》していたけれど、わたしが普段買う肉と大差ないのだろうな、と思った。或《あ》るいはわたしにとって「高級」の部類に入るかもしれない。

また比べてしまっている、と気付いたところで、

「お腹空いてきた」

恵ちゃんが無邪気に言った。

「お呼ばれするのはさすがに厚かましいかなあ」

と、お呼ばれする気満々の口調で笑う。壁の時計は六時を回っていた。

「ピザとか取るのがいいかも」

わたしは麦茶で渇いた口と喉を潤して、「そしたら割り勘もできるし」

「まあ、それもそれでご馳走だよね。特に子供は」

残念そうに恵ちゃんが言ったところで、香織が戻ってきた。

「怜ちゃんは優しいね、対戦で負けてくれてたよ」

そう恵ちゃんに微笑《ほほえ》みかける。

「育て方がいいんだろうね」

「いやいや――っていうか何、テレビあんの？　空くんの部屋」

香織はきょとんとして「あるよ」と答えた。

ピザを取る話はすんなりまとまり、香織は慣れた手つきでタブレットを叩いて注文を済ませた。旦那の帰りが遅い時、たまに頼んでいるという。

「旦那さんはピザ好きじゃないの？」

とりとめのない質問をすると、彼女は「どうだろう」と首を傾げた。

「お肉は好きだよ、元自衛官だし」

「そうなの？　奇遇だね、元旦那と一緒」

「へえ」

わたしはさりげなく驚いて、

「自衛官と何で出会ったの？　コンパ？」

と訊く。モールで再会した時も、恵ちゃんの元旦那については最小限しか訊かなかった。離婚に至った理由も知らずにいる。

「そ」彼女はうなずいて、「四対四のコンパ。後で訊いたらわたしは数合わせで呼ばれたらしいんだけど、その場で成立したのはわたしらだけっていうね」

と笑った。よく聞く話ではある。

ここで核心に迫るべきだろうか、それとももう少し段階を踏んだ方がいいだろうか。迷っていると、

まさに今までの話そのものっていうか」と、自分から切り出した。わたしはすかさず、

「これも奇遇っちゃ奇遇なんだけどさ」恵ちゃんは鼻を鳴らして、「別れた理由の一つが、

「ってことは、元旦那さんがすごくズレてたとか？」

「元旦那の実家がね」

彼女はテーブルのコップに視線を落とした。気付けば香織が、興味深そうに前のめりになっている。

「最初に行った時に、ものすごい歓迎されたのね。それこそ鯛が丸ごとお膳に載ってたし、エビの茹でたのが大皿にピラミッドみたいになってたりとか」

「地方かな」

香織が訊く。「古式ゆかしい感じがするね」

「いや、埼玉。でも元々はどっちも山陰の——どこだっけな。とにかく地方の、山奥の村の出身だって言ってた。埼玉に移ったのはわりと最近で。家は瓦屋根で木造だったけど、あれ中古かな？　けっこう古くなってた。柱とか飴色《あめいろ》っていうの？」

「うんうん、渋いじゃん」

わたしは相槌を打って先を促す。

「そんで朱塗りの杯《さかずき》で日本酒飲まされたりしたわけ。なんとか潰れずに済んだけど。その足でお義父《とう》さんに家中案内されて、フラフラなの耐えて頑張ってたの。コウヘイ——あ、

元旦那の名前ね——の使ってた部屋とか、庭とか、あと犬小屋とか。ゲンさんとかいうヨボヨボの雑種が寝てたけど」

「犬用の小屋？」

香織が不思議そうに、「そんなのあるんだね」と言う。

「ああ」恵ちゃんはへへっと笑うと、「そっかそっか、香織ちゃんはずっと室内犬なんだね、実家でも」

「うん、専用の部屋があったよ。あとザッシュって？」

「今はミックスって言った方がいいかな」

恵ちゃんが言う。香織は「ミックス？」と首を傾げる。

「それで、どうなったの？」

わたしは急《せ》かす。恵ちゃんは「はいはい」と苦笑しながら、

「どうってことない風呂とか、物置まで案内されて、適当にコメントしてたの。そしたら一番奥の部屋だけあからさまにスルーするのね。廊下の突き当たりに、どう見ても扉があるのに。だからお義父さんに訊いたの。『こちらは何のお部屋ですか』って。したらさ——『あんたが嫁入りしたら教えるから』って」

恵ちゃんはいつの間にか、声を潜めていた。

わたしと香織は必然的に、彼女に顔を近付ける。

「で結婚したわけよ。一応わたしの希望どおり教会――まあこの辺はいいや。それで年明けに実家に行ったら、お義父さんがその部屋に連れてってくれたの」

彼女はここで溜めを作って、

「中は何にもなかった。家具もないし、床の間とか押入れもなくて。裸電球が一個あるだけの、四角い六畳くらいの空間だった。でも、扉の向かいの壁いっぱいに、鳥居が描いてあったの。真っ黒な鳥居の絵が」

わたしたちを交互に見る。いつの間にか、わたしは半分息を止めていた。

「で、お義父さんが言ったの」彼女はさらに小声で、「ここはこの家の者だけが使える――ほらぶろだって」

ほらぶろ。繰り返そうとしたところで、

「意味なんか当然分かんないでしょ。だから『何ですかそれ』って訊いたの。そしたらお義父さん『ここに裸で入りなさい、風呂に入るのと同じように』って」

恵ちゃんが言って、黙った。

ぱき、と関節が鳴る音が聞こえた。香織が両手で口を押さえている。

「……は、入りなさいって言われてもね」

わたしはとりあえず、分かりやすいところに突っ込みを入れた。

「入ってどう――」

「だからそれも訊いたよ。そしたら『それがうちの慣わしだ』って普通に」

「いや、身体洗ったりするわけじゃないんだよね？　風呂と同じって言われても、お風呂的なものは」

「ないない、ただの部屋」

「じゃあ」

「それも訊いたけど、『真ん中に座ってるだけでいい』って」

「えええ」

変な声が出ていた。香織がさらに身を乗り出して、

「それでどうしたの、恵ちゃん」

と囁《ささや》く。彼女はひそひそ声で、

「脱衣カゴっていうの？　あれ渡されて。したらもう中入るしかないじゃん。入って扉閉めて、カンヌキがあったから当然かけて、ワケ分かんないまま脱いだよ。それで言われたとおり座った。しゃがんで丸くなってた。『終わったら呼ぶから』って言われたから、呼ばれるまでずっと」

「何が終わるの？」

当然のようにわたしはそう突っ込む。「ていうか何が始まったの？」

恵ちゃんはしばらくテーブルを見つめてから、

「何にも」

と言った。すぐに、

「長かった。後から考えたら十分くらいだったと思うけど、気持ち的には一時間どころじゃなかったよ。何もしないで、裸で部屋にしゃがんでただけで、すごいその、恥ずかしいっていうか、キツかった」

香織は辛《つら》そうな目で恵ちゃんを見つめている。わたしは小刻みにうなずいていた。

「……最初は前っていうか、鳥居の方向いてたの。向きはお義父さん何も言ってなかったけど、たぶんそっちだろうなって思ってたから。でもやっぱり嫌っていうか、向いてられなくなって。で、途中で反対向いたの。そしたらもっと嫌で。バカみたいだけど、な、何か——来そうな気がして。後ろから、と、鳥居くぐって」

彼女は引き攣《つ》った笑みを浮かべていた。自嘲しようとして全然できていない。わたしも馬鹿馬鹿しいとは少しも思わなかった。密室で、全裸で、真っ黒な鳥居の絵を背後に座って待つ。それは相当堪《こた》える。精神的に来る。理由は分からない。何となくとしか言えない。

「あ、足とか痛くなっても動けなくて。ちょっと重心変えただけで床板が鳴って、それがすごい嫌で。コウヘイのこととか考えても、逆に辛くて。な、何で先に説明してくれなかったのとか、今何してるんだろうとか、ご両親とどんな、か、会話して」

目が充血している。潤《うる》んでいる。呼吸が荒くなっている。一気に何か言おうとしたところで、恵ちゃんの目からぽろりと涙がこぼれた。

「それでね、外から名前呼ばれて、『ご苦労だった』って言われて、ボーッとしたまま服着て、外に出て……みんなすごい大喜びで、歓迎っていうか、実際『これで家族の一員だ』とか何とか言ってたかな、コウヘイが」

　そこで口を閉じる。今になって気付いたのか、目元を拭って恥ずかしそうに笑う。わたしは笑い返せなかった。香織がそっと立ち上がって、ティッシュ箱を手に戻ってきた。

　恵ちゃんはティッシュを二枚取って、豪快に洟《はな》をかんだ。

「それでアレ？　ってなった。コウヘイもそうだけど、あの家が。他にも色々あったんだけど、あれが最初。変なことされたワケじゃないのは分かってるけど……」

「変なことだよ」

　再び座った香織が静かに、きっぱりと言った。

「それに、そういうのはちゃんと説明して、コンセンサスっていうのかな、それと了解を得ないと、やっちゃいけないことだと思う。たとえ形だけの風習でも」

「うん」

　わたしは声に出して同意を示す。すぐに寒気が走る。香織の言葉の最後に反応してしまったらしい。

　形だけの風習。今は形だけになった風習。昔はどうだったのだろう。もっと複雑で、意味もはっきりしていたのかもしれない。もっと直接的なことをしていたのかもしれない。嫁を裸にして、部屋に閉じ込めて、黒い鳥居の前で――

頭に浮かびかけた光景を大急ぎで追い払って、わたしは、

「恵ちゃん、トーク上手いなあ」

と、あからさまに話をズラした。

「ベテラン美容師の貫禄を見た気がする。行きつけのとこの若い人なんか、こないだ深夜アニメの話振ってきたの。好きだとか全然言ってないのに」

「いるねえ、そういう子」

恵ちゃんが返す。「でも人のこと言えないかも。こんな話するつもりなかったんだけどさ、他に言える人もいないし」

ちょっとスッキリした、と晴れやかな顔をした。わたしは流れに任せて恵ちゃんに水を向ける。彼女は離婚に至る経緯を話し始めた。「アレッ?」と思った数々の出来事だ。ご両親から、父親がいないのを遠回しに非難されたこと。元旦那の金銭感覚と、家事の割り振りでのいさかい。

なかなか子供ができなかったこと。ご両親の皮肉めいた催促。ようやく妊娠したと思ったら、元旦那が風疹《ふうしん》になって、自分にも伝染ったこと。そして検査の結果。

「……散々迷ったけど、堕《お》ろしたよ」

あくまで普通のことのように、恵ちゃんは言った。ケリがついている風を装っていたけれど、傷は癒えていないことは察しがついた。怜ちゃんが産まれて解決するものでもないのだろう。感覚的に分かった。

「わたしはどっちかっていうと、産んで育てたかったんだけどね」

恵ちゃんは溜息を吐いた。

「そりゃあ大変なのは分かってるよ。でも、やっと妊娠して、それで自分らの都合でって勝手じゃん。コウヘイは全然気にしてなくて、それもアレッてなって」

「夫婦のことなのにね」

わたしは相槌を打つ。

「そうだよ」香織がうなずく。「でも、恵ちゃんは産まなかったんだね」

「え？　ああ、うん。やっぱり現実的に厳しいかなって思ったし。あとコウヘイは絶対に育児しなそうだなって確信してたし、実際怜が産まれたら――」

「産んだらよかったのに」

香織が残念そうに言った。恵ちゃんが、「いや、香織ちゃんはほら、旦那さんと上手く行ってるから」と苦笑交じりに返す。

「それもあるかもしれないけど」

香織は当たり前のように、

「飼うのは大変だけど、可愛いよ、ワ、ワンちゃ、ちゃん」

と言った。

とん、と天井から音がした。

五

「……はっ？　何の話？」

先に口を開いたのは恵ちゃんだった。

半笑いになって、「何で急に犬の話になんの？」と訊く。

香織は「え？」と首を傾げて、「だって犬の話でしょ？」と訊き返す。すぐに戸惑いの表情を浮かべ、

「一応なんだけど……犬って、ワンちゃんのことだよね」

不安そうに問いかける。わたしは「いやまあそうだけど」と苦笑しながら、

「恵ちゃんが訊いてるのは、子供を産む産まないの話してたのに、何で急に犬が――ワンちゃんが出てくるのかってこと」

「えっ、でも」

香織は訳が分からないといった顔で、

「妊娠中に病気して、検査したら問題が見つかって、って言ってたよね？」

「うん」恵ちゃんがうなずく。

「だったら——えっ、それって」香織はまじまじと恵ちゃんを見ながら、

「ワンちゃんだよね？」

と訊いた。

わたしは香織の顔から目が離せなくなっていた。彼女は真剣に困っている。冗談とは思えない。

また二階で音が鳴った。今度は何かを擦《こす》るような、引きずるような音。

視界の隅で、恵ちゃんが口をぱくぱくさせているのが見えた。

「……ごめん、ちょっと分かんないや」

たはは、と笑いながら彼女が首を捻る。

「どうして？」香織が不審そうな顔で、「元旦那さんのご実家でも、飼ってたんだよね？それも専用の家まで作って。ざ、ザッシュ？」

「それはだから犬の話だよ。いぬ」

恵ちゃんが声を張った。うんざりした口調で、

「毛が生えて尻尾があって、ワンワン鳴く動物のこと。首輪付けて。香織ちゃんの家でも飼ってたでしょ」

「うん、でも」

香織は眉間に皺を寄せて、「それはドーベルマンとラブラドールで」

「それが犬だって言ってんの」

「ああー」香織はポンと手を叩いて、「そういうことか」と微笑んだ。

「分かった？」

恵ちゃんが笑顔で訊く。香織は「うんうん」と何度もうなずいて、

「二人の言う犬って、比喩《ひゆ》の方だったんだね」

と納得したように歯を見せた。

「ひゆ？」

わたしは当然突っ込む。

「そう」香織はお淑やかに手を膝に戻すと、「テレビでもよく言ってるよね。ドーベルマンなんかのことを全部まとめて犬とかワンちゃんって。あとワンコ。種類が多くて大変だから。あ、ちょっと似てるからかな？　手を使わないで食べるとか、あとたまに嚙んだりもするしね」

変だね、他はあんまり似てないのに、と不思議そうに言う。

わたしは恵ちゃんと顔を見合わせた。彼女はわずかに眉根を寄せて、困惑を示す。

天井からまた音が聞こえる。ととん、とととん。ずっずっ。

「……ええっと」わたしは香織に向き直ると、「一応訊くけど、香織の実家は、ドーベルマン飼ってたんだよね」

「うん。あとラブラドールレトリバー。一匹ずつ」

「そ、それはどこで飼ってたのかな。場所っていうか」

「え？　庭だけど」

当然だ、と言わんばかりに答える。わたしは絡まった思考をほどきながら、

「じゃあ、それとは別にその、い、犬を、飼ってたの？　室内で。専用の部屋で」

「うん」

「わ、ワンちゃんを」

「そうだよ」

香織は大真面目に答えて、

「五匹」

と、手をかざしてみせた。

「ちょ、ちょっと待って」わたしはこめかみを押さえて、「話ちょっとズレるけど、そもそもワンちゃんを購入したのは、その、ご両親だよね？」

「購入？」

香織は不意に険しい顔になった。失礼なことを訊いたらしい。お金持ちはペットショッ

プに行かないのだろうか。そもそも買わないのだろうか。さっきの話を思い出して、わたしは、

「あっ、じゃあアレか、誰かから譲り受けたとか」

「譲る？」

彼女は更に顔を曇らせて、「そんな酷いこと、するわけないでしょ」と、嫌悪を込めて言った。深々と息を吸って、

「ワンちゃんはお母さんが、自分――」

どすん、と大きな音がした。ひゃっ、と声を上げたのは恵ちゃんだった。身体を伏せて、チラチラと上を見ている。

香織はやれやれといった表情で、天井を眺めていた。顎《あご》から喉にかけての曲線が、異様にわたしの目に焼き付く。

上からかすかに、カチ、と金属の鳴るような音がした。とん、とん、と軽い音が続く。足音だ、と分かったところで、香織がいきなり立ち上がった。

「もう、伝染るって言ったのに」

呟きながら足早に扉へ向かう。扉を開け、階段に向かって「空くん」と呼びかけたところで、甲高い悲鳴が階段からリビングを貫いた。

六

　怜ちゃんの顔は青ざめるのを通り越して、灰色になっていた。虚《うつ》ろな目をして恵ちゃんにもたれかかっている。電車が来るまでに泣き止んではいたけれど、しゃっくりはまだ治まらない。

　彼女の頭と肩を撫でながら、恵ちゃんは思い詰めた表情で向かいのわたしを見ていた。わたしは視線を逸《そ》らして、鞄から携帯を取り出した。着信が三件。すべて香織からだった。留守電も入っている。

　真上の部屋の前で、腰を抜かして泣き喚《わめ》く怜ちゃんを一緒に抱きかかえ、わたしと恵ちゃんは香織の家を飛び出した。ピザ屋の配達員はわたしたちの剣幕を見て、慌てて道を譲った。

　外の道で、香織はわたしたちに追いすがって、「どうしたの？」「何で帰っちゃうの？」と途方に暮れた様子で訊いてきた。わたしも恵ちゃんも答えなかった。足音も声も聞こえなくなって、気配がしなくなっても、駅に着くまで立ち止まらなかった。

　タッチパネルを指で操作して、わたしは留守電を消去した。少し迷ってから、香織の番号を着信拒否にした。

ふう、と溜息が漏れる。身体を縛っていた緊張がわずかに解ける。昔を思い出しそうになるのを抑えると、今度はついさっきの光景が浮かぶ。

真上の部屋のドアは半開きになっていた。

中は暗かった。電気が点《つ》いていなかった。それでも何かがいるのは分かった。二匹、いや二人いたのも分かった。部屋を這《は》う音がはっきり聞こえたし、気配もした。あばら骨が浮いた、白くて長い胴も見えた。

ずるる、と聞こえたのは、唾《つば》か何かを啜《すす》る音だろうか。

折れ曲がった木の枝みたいに見えたのは、手だろうか。足だろうか。

潰れたトマトみたいに見えたのは。

踏みつけたケーキみたいに見えたのは。

「歩美」

恵ちゃんに呼ばれて、わたしは顔を上げた。電車はいつの間にか、彼女の家の最寄駅で停まっていた。

「じゃあね」彼女は怜ちゃんを支えながら、「何かあったら連絡する」と事務的に言った。返事をする前に電車を降りていく。首を捻って、彼女たちが階段を下りていくのを窓越しに見ながら、わたしは心の中でさようならを言った。

駅で降りて、家までの暗い道を、わたしはできるだけ何も考えないようにして歩いた。

それでもつい考えてしまっていた。

肉の塊。香織のご両親。

旦那さんはどう思っているのだろう。味覚音痴で、実業家で、元自衛官の——

怜ちゃんと一緒に降りてきた空くんの顔を、わたしは不意に思い出した。

そして香織の言う「ワンちゃん」の名前も想像していた。

昔からそうなのだろうか。香織の家系では、以前からああやっていたのだろうか。

どこかで誰かが気付かなかったのだろうか。いや、これは愚問だ。どの家でも同じだ。何かが決定的にズレていても、家の中で通じるなら気付かない。何代も続けばもっと疑問に思わなくなる。思ったとしても「慣わしだから」「風習だから」で継続するのだろう。奇妙でも、意味が分からなくても、そういうものだと一瞬で片付けて。あるいは世間との辻褄《つじつま》を強引に合わせて。

アパートの鍵を開け、靴を脱ぐと同時に、わたしはそのまま床に倒れ込んだ。身体が動かない。疲れている。でも頭は冴えている。

奥からガサガサと鳴る音がした。どさり、と床に落ちる音がする。

「……ミイくん」

わたしは呼んだ。

ミイくんは「あがあ」と一声鳴いて、ずるずるとわたしのところへ這い寄った。

ボサボサの頭をそっと撫でる。髭《ひげ》の生えた顎をくすぐる。

ミイくんは嬉しそうに喉を鳴らす。

仲良しだった友人とも、男とも、たった一つのズレでおかしなことになる。関係が終わってしまう。

もうこりごりだ。わたしには猫がいればいい。

ミイくんと一緒に、普通に暮らすだけで充分だ。

夢の行き先

始まりは小学五年の二学期、十一月十四日のことだった。あくまで「僕にとっての」始まりだが、その辺りの詳細は後述する。

その日はちょうど僕の誕生日で、夕食は両親と二つ上の兄、家族揃ってフライドチキンとケーキを食べた。肝心のプレゼントは思い出せない。大方ファミコンのソフトだろう。スーパーファミコンは当時既に発売されていたが、僕たち兄弟が手に入れたのは翌年の夏だった。

ささやかな誕生パーティが終わり、「今日だけね」と母親に許可を貰《もら》い、僕は夜更かしして居間でテレビにかじり付いた。十時半を回る頃には眠くなっていたけれど、我慢して起きていた。ただ夜更かしをするのが楽しい。そう思えるほど当時の僕は幼かった。

時計の針が十一時を回ってすぐ、僕は眠気に耐えられなくなって部屋に向かった。二段ベッドの下段に潜り込む。兄が上の段で寝言を呟《つぶや》くのが聞こえた。そう思った瞬間に僕は眠りに落ちた。そして夢を見た。

住んでいる十五階建てマンションの階段を駆け下りていた。

外は真っ暗で星も見えない。遥か下の駐車場には一台の車も停まっていない。夢の中の僕は階段から廊下に出て、中央のエレベーターへ走った。タンッタンッタンッと自分の足音が反響していた。

廊下の照明は真っ赤だった。エレベーター前の照明も真っ赤だった。おかしいとは思わなかった。思っている余裕がなかった。もっとおかしな状況にいたからだ。

自分はいま老婆に追いかけられている。いや、「ババア」と呼んだ方がいい。鬼婆《おにばば》のようでも山姥《やまんば》のようでもあり、そのどちらでもない恐ろしい存在「ババア」の魔の手から、自分は逃げようとしている。

理由は分からない。ババアは目の前に現れてもいないし、そもそも何者なのかも分からない。それでも夢の中の僕は確信していた。恐ろしいババアに追われていることを。そして捕まったら殺されてしまうことを。

エレベーターの前に辿《たど》り着くと、階数表示のランプが目に留まった。その上には「11」の文字パネル。今いるのは十一階だ。僕の家がある階だ。でも家には帰れない。帰ってはいけない。これも理由は分からないが確信があった。

二つあるエレベーターのうち一つが動いているのが、ランプの点滅で分かった。七階から八階へ、そして九階へ。

上ってきている。ババアかもしれない。エレベーターの扉の窓の向こう、暗い中に籠の影が見えた。

僕はすぐに走った。背後でエレベーターの扉が開く音がして心臓が跳ね上がる。振り返る勇気はとても湧かなかった。赤い光に照らされたコンクリートの床は酷《ひど》く硬い。それなのに踏み込んでも前に進まない。自分が思うよりもスピードが出ない。

一一〇五号室、一一〇四号室、一一〇三号室の前を必死で走り抜け、一一〇二号室の前の——さっき下りたのとは反対側の階段を一段飛ばしで下りる。階段の曲がり角に着地したところで、

カンッ

と高い音がマンション中に響き渡った。

思わず振り返ると、十一階の廊下に人影が立っていた。赤い光にシルエットが浮かび上がっている。ボサボサの長い髪。着物。手にした長い棒のようなものを、手摺《てすり》にキキキと擦《こす》り付けている。わずかに湾曲した刃が、棒の先端で赤い光を受けて輝いていた。

薙刀《なぎなた》だ。ババアは薙刀を持っている。

そう思った瞬間、人影がゆらりと動いた。

僕は泣きそうになりながら階段を駆け下りた。

十階、九階、八階、七階、下っても下っても安心できなかった。

足音はしない。気配もしない。でもこのままだと追いつかれる。立ち止まったらお終《しま》いだ。焦りと恐怖だけが身体を動かしていた。

何階か下りて廊下を駆け抜け、エレベーターの前を通り過ぎて反対側の階段をまた下りる。ババアを捲《ま》くつもりだったのか、それとも気が動転していたのか、お世辞にも賢明とは言えない経路で僕は下へと向かっていた。

また廊下を走ってエレベーターの前に差し掛かり、何気なく文字パネルを見て僕は愕然《がくぜん》とした。

「11」

なぜ、どうして。ババアから逃げないといけないのに。もうすぐそこまで迫っているのに。足が震え腹の底が持ち上がる。鼻の奥が痺《しび》れる。立ち止まっていることに気付いて駆け出そうと思ったその時。

背後でガチャンと音がした。エレベーターの正面の部屋の、ドアが開く音だ。

そう認識したところで、ぶんっ、と空気が揺れるのを感じた。

すぐ後ろでババアが薙刀を振り上げる姿が頭に浮かんだ。

「晃《あきら》、おい晃」

兄の声が遠くから聞こえて、ベッドの上で叫んでいる自分に気付いた。暦の上では冬だというのにパジャマの下は汗だくで、鼓動が耳に響いていた。

ベッドの上段から逆さまに頭を出して、兄は、

「うるさいねん、静かに寝てくれや」

囁《ささや》き声でそう吐き捨てた。暗い中で不機嫌な表情がぼんやり見えたが、その時の僕は兄が救世主あるいはヒーローに思えた。安堵《あんど》と歓喜と感謝の気持ちで「あああー」と変な声さえ漏らしていた。涙が頬《ほお》や瞼《まぶた》、それどころか耳まで濡らしていることに気付く。

「なに泣いとんねん」

兄は眠そうに言ってベッドに戻り、僕は掛け布団を頭から被《かぶ》った。布団の温もり、兄と部屋にいることとの安心感。その二つを嚙《か》み締めながら、僕は暗闇の中で大きく息を吐いた。

朝に目覚めても夢のことはしっかり覚えていた。焦燥《しょうそう》感も恐怖も。死を覚悟したことも。と同時に、僕はこの現実にしっかり立っていることに喜びも感じていた。

ババアは実在しない。起きている限りは安心だ。それに同じ夢を二度も見たりはしないだろう。つまりこの先一生、ババアの夢にうなされることはなくなる。僕は満たされた気持ちで朝食を平らげ、学校に向かった。

そしてその夜、再び夢でババアに追いかけられた。

赤く光るマンション。外は完全な暗闇で、僕は階段と廊下を走っていた。カンッと手摺が鳴って、ぼさぼさ頭のシルエットが見えた。そして最後はエレベーターの向かいの部屋のドアが開き、薙刀を振る音がした。何から何まで前日見た夢と同じだった。

「晃、おい晃」

ベッドの上段から覗《のぞ》く兄の険しい顔も、呼びかける声も言葉も同じだった。僕は泣かなかった。安堵もしなかった。自分でも驚くほど冷静に状況を観察していた。

「……大丈夫」

「どこがやねん。めっちゃ叫んどったぞ」

勘弁してくれよ、とぼやきながら兄はベッドに戻った。僕はしばらく眠れなかった。二晩連続で同じ夢――同じ悪夢を見たことに衝撃を受けていた。

朝起きて朝食を摂《と》る間も、登校中も、授業中も休み時間も、僕はババアの夢について考えていた。というよりつい考えてしまっていた。マンションの硬い廊下。足音。赤い照明。そしてあのシルエット。考える度に頭に浮かんで鳥肌が立った。

その夜。僕はまたしても夢でババアに襲われた。夢の中身はそれまでと全く同じだった。

「晃！」

怒鳴り声とともに頭を殴られ、僕は布団の中ではっきり目を覚ました。電気が点《つ》く。

兄が僕の胸倉《むなぐら》を摑《つか》んだ。これ以上ないくらい不機嫌そうな顔で、

「安眠妨害じゃ。大概《たいがい》にせえよ」

低い声でそう凄《すご》んだ。僕は反射的に「ごめん」と謝っていた。

「……夢見ててん」

「ああ？」

兄は摑んでいた手を離すと、「三日連続でか」と訝《いぶか》しげに訊《き》く。僕は正直に夢のことを

打ち明けた。夢で老婆らしき人物に追いかけられ、マンションを逃げ惑った。言葉にするとこれだけで済んだことに内心驚き呆《あき》れながら。

兄は半目《はんめ》で聞いていたが、僕が話し終えるなり、

「そらお前、不安な精神状態の表れや」

と、利いた風なことを言った。

「そういうもんや。空飛んだりは特にな」

「空は飛んでへんよ。走って――」

「細かいことは知らんけど」兄は顔を擦ると、「気になんねやったら本で調べたらええわ。夢占いの本とかよう売っとんで。二昭堂《にしょうどう》にも」

近所にある本屋の名前を挙げると、兄は大きな欠伸《あくび》をして、

「まあ寝れたら何でもええよ。頼むわ」

電気を消して梯子《はしご》を上り、ベッドの上段に消えた。ごろんと横になる音が上から響く。すぐにすーすーと寝息が聞こえ始めた。

部屋の暗闇が不意に恐ろしくなり、僕はまた布団を頭から被った。

翌日。学校にいる間、僕はほとんど無言だった。授業中も休み時間も、ただただ時間が早く過ぎるのを待った。

「どしたん？」

昼休みが終わった頃、前の席の後藤匡《ごとうただし》が振り返って訊いた。「なんか顔色悪いで。風邪引いてんの？」と訊く。特に親しくはないしグループも違ったが、雑談程度はする仲だった。

「ううん。大丈夫」

僕は首を振った。夢が怖いから対策を探しに行くとは言えなかった。

「ならええけど」匡は心配そうな顔で、「授業中にしんどくなったら、すぐ言うて。代わりに先生に――」

「おい後藤」

よく通る大きな声がした。宮尾郁馬《みやおいくま》がポケットに手を突っ込みながら歩いてくると、

「今日も遊びに行ったるわ。スーファミやらして」

と匡を見下ろした。匡の家は裕福で流行のものは大抵揃っていた。

「あ、えーっと」

彼は愛想笑いを浮かべて、「今日はごめん、公文《くもん》あんねん」

「それは明日やろ。リサーチ済みや」

宮尾は身体を折って匡に顔を近付け、「今度嘘吐《つ》いたらどうなるか分かってるやろな」

と、巻き舌で囁きかけた。匡は「うん、ごめん」と全身を縮める。

「じゃあよろしく」

そう言うと宮尾は匡の肩を小突き、悠然《ゆうぜん》と歩き去った。百七十センチを超える長身と威圧的な態度。クラスを仕切って威張り散らす、絵に描いたような番長。それが宮尾だった。

「……ふう」

急激に疲れ果てた様子で溜息を吐く匡に、声をかけることはできなかった。

学校が終わると僕はそのまま二昭堂に向かった。

夢占いの本は大人向けのコーナーにいくつもあった。何冊かぱらぱらめくって「お婆ちゃん」「刃物」「家」「マンション」「追いかけられる」といった言葉を片っ端から調べる。占いの結果は「将来への不安」「成長の兆し」といった漠然としたものばかりだった。こんなものは占いでも何でもない、誰にでも当てはまる。子供でもそう理解できた。

落胆と同時に不安が胸に広がる。他に何か無いか。店内を歩き回っていると、いつの間にか子供向けのコーナー、それもオカルト本の棚の前にいた。心霊写真本、UMA《ユーマ》の本。UFOの本。

僕はここで思い出した。心霊写真本には結構な割合で、後ろの方に厄除《やくよ》けや除霊の方法が載っているはずだ。友人に借りて読んだ時に何度も見た記憶があった。さっそく手前から順に心霊写真本をめくっていく。店員が近付くとさも買うような素振りをしてやり過ごし、僕は棚にある全ての関連本を立ち読みした。そして役に立ちそうな記述をいくつか見つけることができた。

寝る時間になると、僕は学習机で自由帳を開いた。鉛筆で大きな日本刀の絵を描いて破り取る。怨霊《おんりょう》なり幽霊なりは刃物を嫌うと書かれていたからだ。台所から包丁を持ち出すのは躊躇《ためら》われた。手持ちのカッターナイフでは心許《こころもと》ないと感じた。だから強そうな日本刀の絵を描くことにした。

続いて中国の幻獣・獏《ばく》の絵。水木《みずき》しげるの妖怪本を模写して、どうにかそれらしいものを描き上げる。獏は悪夢を食べてくれるのだ。

二つの絵を丁寧に折りたたみ、洗面所から持ち出した手鏡と一緒に枕の下に忍ばせる。あくまでできる範囲ではあるが、除霊の準備は整った。上手《うま》く行けば悪夢を――ババアの夢を見なくて済む。

そもそもババアは霊的な存在なのか、といった疑問はとりあえず脇に置いていた。手に入る対策、気持ちの上でしっくり来る対策は除霊しかない、というのが実情ではあった。

それでも寝る覚悟はできていた。

テスト勉強をしていた兄が「今日は勘弁してくれよ」と睨《にら》み付ける。僕は「頑張るわ」とベッドに潜り込み、枕をポンと叩いて頭を預けた。よし、と心の中で勢いをつけて目を閉じ、大きく深呼吸した。

そして鳥のさえずりとともに目を覚ました。

ベッドから飛び起きるとカーテンを開け、降り注ぐ朝日を全身に浴びた。テレビドラマかＣＭのようだと自分でも呆れたけれど、そうしたい気持ちを抑えられなかった。

除霊が効いたのだ。刀と獏の絵、そして鏡がババアを退《しりぞ》けたのだ。

偶然かもしれないとは分かっていても、僕はそう考えずにはいられなかった。自分の知恵と努力が実った。そんな達成感に浸りたかったのかもしれない。

その日の夜はババア以前に夢そのものを見なかった。その翌日は給食で巨大な餃子が出る夢を見た。目覚めた時は口の中がニンニク臭く感じたが、顔を洗う頃には消えていた。

僕は心の底から安堵した。晴れ晴れした気分でいることができた。もうババアの夢は見ない。念のため枕の下には除霊のアイテムを置いていたけれど、二度とあの夢を見ることはないだろうと確信していた。

十一月二十日。朝の会が始まる前のこと。

「眠いわー」

匡が椅子で大きく伸びをして言った。

「スーファミ？」

僕は訊く。遅くまで遊んでいたのだろうと推測していた。

「それもあるけど」

匡は細い目を擦りながら、

「なんか変なババアに追いかけられる夢見てん。そんで寝れんかった」

僕は思わず「うそ」と声を上げていた。

匡は豪快に欠伸《あくび》をして、

「それも三日連続」

と、白い顔を歪《ゆが》めて言った。


匡から聞いた「変なババアに追いかけられる夢」は、僕が三日続けて見たものとほとんど同じだった。違うのは舞台だけ。匡が見たのは誰もいない夜の遊園地だったという。宝塚《たからづか》ファミリーランド。今はもう取り壊されてマンションが立ち並んでいるが、当時の関西では有名な遊園地の一つだった。

「ライトが全部赤かったわ。ジェットコースターも観覧車も、メリーゴーランドも」

「ババアは見た？」

「一瞬だけ」匡は顔をしかめると、「観覧車の――支えっていうんかな。ぶっとい柱の陰で。カーンって棒みたいなんで柱叩いて脅してきた」

同じ点があまりにも多い。いつの間にか先生が来ていて朝の会が始まっていたけれど、僕は構わず、

「最後は？　最後はどうなったん？」

「これが夢の訳分からんとこでな」匡は自嘲《じちょう》の笑みを浮かべると、「俺、よりによってお

化け屋敷に逃げてもうてん。余計怖いのにな。そんで暗くて案の定迷って、ビビッてたら後ろで……」

何かを振り上げる音がして死を覚悟した。そこで目が覚めたという。

僕は息を潜めて匡の眠そうな顔を見つめていた。そっくりな夢を、それも追いかけられる悪夢を、前後の席の生徒が相次いで見た。偶然だとは思えなかった。ババアの夢のことは兄にしか言っていない。だから「耳にしたせいで夢に出た」可能性もない。

「……後藤くん」僕は少し迷ってから、「それな、僕も見てん。四日前まで三日連続」

「うせやん」

匡は鼻を鳴らした。「嘘やん」の「そ」は往々にしてセとソの間のような発音になるが、彼の場合は「せ」そのものだった。

「ほんまやって。僕はマンションやったけど、赤い光で、薙刀持ってて」

「薙刀！」

彼はハッとした顔で、「それや、そっちや。棒ちゃう――」

「後藤くん澤口《さわぐち》くん」

先生の声がして僕たちは身を竦《すく》めた。彼女は無表情で僕たちを睨み付けると、

「そんなに大事な話ならみんなの前で発表しますか？」

と、わざとらしい棒読みで訊いた。僕たちは顔を伏せたまま同時に首を振った。

休み時間になると、僕はババアの悪夢について匡に説明した。彼は「変な話やなあ」と首を傾《かし》げていたが、決して否定したり馬鹿にしたりはしなかった。

「やってみよっかな。その除霊グッズのやつ、早速」

僕が話し終わると、彼はそう言った。口調は軽かったがどこか白々しかった。内心は今夜のことが不安なのだろう。考えなくても分かった。

「うん」僕はうなずくと、「効果はあった。僕は見なくなった。今んところやけど」

「そっか」匡は腕を組むと、

「俺やったらもっとちゃんとやれそうやわ」

ニヤリと不敵な笑みを浮かべた。

その日の夜も、ババアは夢に現れなかった。ただし悪夢は見た。匡と二人で黒板の前に立たされて、先生に早口言葉を言わされる、それはそれで充分嫌な悪夢だった。

翌日、教室に入るなり匡が僕に走り寄った。すっきりした表情で、

「効いたわ。出んかった。夢も見んかった」

「ほんまに？」

「うん」匡はここでまたニヤリと笑うと、「多分やけどババア死んだで」と言った。

匡は昨晩、獏の絵と鏡、そして本物の刀を枕の下に忍ばせたという。座敷の床の間に飾られている由緒正しいらしい日本刀を、こっそり持ち出したそうだ。

「危ないってそんなん」思わず苦笑すると、

「大丈夫やったで」匡は平然と、「朝にバレておとんに怒られたけど、まあプラスマイナスで言うたらプラスとちゃう？　それに部屋の空気もなんか明るくなった気がする。これは――」

ババア倒したってことやろうな、と締めくくった。前向きに考えすぎでは、と思ったけれど、嬉しそうにしている彼にそう言うのは躊躇われた。いずれにしろ彼も悪夢を見なくなった。少なくとも昨夜は。

「明日も教えて。経過報告っていうか」

「何ともないと思うけどな」

匡は面倒くさそうに承知した。

僕の心配は取り越し苦労に終わった。翌日の朝、翌々日の朝、そしてその翌日の朝も、匡は教室に入ってくると真っ先に「大丈夫やったわ」と律儀にも報告してくれた。

「鏡もなんか高そうやったからな。ゴテゴテ宝石ついとったし」

「そんなん使《つこ》たん？」

「こういうのはケチったらあかんねんて。おとんもおかんもよう言うてる。今の家建てる時も、なんかお祭りみたいなんやっとったし」

地鎮祭のことだと今では分かるが、当時の僕はただただ感心していた。裕福な家庭は験《げん》担ぎや、心霊めいたことを馬鹿にしたりはしない。むしろ真面目に考えることもある。その実例を目の当たりにしてちょっとした興奮さえ覚えていた。

一連の遣《や》り取りをきっかけに、僕と匡はそれまでより親密に付き合うようになった。彼のいるグループに混ざって遊ぶようになった。彼の豪邸に招かれることも増え、僕はそこで初めて、お手伝いさんという職業が現実にあると知った。

「最近はどうなん？　ババア」

十一月二十七日の夕方。匡の部屋でスーパーファミコンをしている最中、僕は彼に訊いた。部屋には僕と匡の他に、同じクラスの井浦健吾《いうらけんご》と西勝也《にしかつや》がいた。二人ともめいめいに漫画を読み耽《ふけ》っている。

「全然」匡はテレビ画面を見つめたまま、「やっぱり死んだんやろ。薙刀も我が家の宝刀には勝てへんかったんやろうな」

コントローラーを器用に操作して大技を繰り出す。件《くだん》の日本刀は前に遊びに来た時に見せてもらっていたが、確かに霊験《れいげん》あらたかそうではあった。鞘《さや》も鍔《つば》も古びてはいたが丁寧に磨かれ、ずっしりと重々しい雰囲気を漂わせていた。

僕は彼の攻撃を何とか防ぐと、

「よかったやん。まあ倒す瞬間の夢見てたら完璧やってんけど」

「そこはしゃーないよ」匡は前のめりになると、「何から何まで都合よくは行かへんて。

ババアの正体も分からんままやし」

「怨霊かな。それとも妖怪」

「どうやろうなあ。晃は見てへんの？」

「全然。マンションすら出て来《け》ぇへんし」

「それ夢の話？」

出し抜けに訊かれて僕と匡は同時に振り向いた。テレビ画面から打撃音が消え、ＢＧＭしか聞こえなくなる。

井浦健吾が漫画の単行本から顔を上げて、不思議そうに僕たちを見つめていた。

「うん」匡がうなずいて、「俺も晃もちょっと前におんなじ夢見てん。夜に薙刀持ったババアに追っかけ回されて、最後に――」

「後ろから斬られそうになる」

確信を込めた口調で健吾が言った。ほっそりした顔からは表情が消えていた。

「……じぶんも見たん？」

先に口を開いたのは匡だった。

「夜中に見て飛び起きた」

健吾は漫画を絨毯《じゅうたん》に置くと、「顔は見えへんかったけど、着物のババアがマンションにおって、そんで廊下を逃げ回って」

彼は僕の隣のマンションに住んでいた。

「うせやろ、そんなん」

匡が呆然と呟いた。「クラスの三人が同じ夢見るとか」

「いや、俺もそう思うけど」健吾の顔に戸惑いの表情が浮かんだ。「とりあえず刀があったらええの？　それで夢見いひんようになるん？」

僕の背筋に冷たいものが走った。健吾の切実な言葉に、初めてババアの夢を見た時のことを思い出していた。兄の声も、上段から覗く不機嫌そうな顔も。

「放っといても大丈夫やで」

のんびりした口調で勝也が言った。絨毯に腹這《ば》いになって菓子を口に入れながら、

「特に何もせんかったけど、見なくなったし俺」

当たり前のように言う。

「は？　じぶんも？」匡が信じられないといった口調で訊く。

「うん」

勝也はごろりと寝返りを打つと、

「三日で済んだわ。怖かったけど終わったら思い出話や。今月の頭やったかな」

そう言うと再び菓子を口に運ぶ。

「……偶然なんかな」

僕は無意識に口にしていた。匡は唸《うな》り声を上げて腕を組む。

健吾は僕たちの顔を不安げに見回して、「え、どういうこと？」と何度も繰り返していた。

僕たち四人は車座になって、ババアの夢について報告し合った。勝也は平然としていたが、健吾の顔は真っ青になっていた。

勝也の見た夢は匡のそれと何から何まで同じだった。場所は夜の宝塚ファミリーランドで、終盤はお化け屋敷に逃げ込むところも。

「一戸建てのやつはそうなるんか？」

匡は神妙な顔で言った。勝也の家は匡の家の三軒先にある、そこそこ大きな戸建てだった。

「どうやろなあ」

興味なさそうに勝也が言う。

「……か、勝也が何もせんでも三日で見なくなったってことは」

僕は首筋の汗を拭《ぬぐ》うと、

「匡と僕がやった除霊は意味なかった、ってことにならへん？　僕ら三日続けて見てからやん、除霊したんは」

「それは……」

口ごもる匡。勝也は「何で夢の対策が除霊なん？」と真っ当な疑問を挟む。すぐに、

「ああそっか、あのババアが霊ってことか」

ははは、と笑い声を上げると、

「まあでも、四人も見てたらそれも有り得るかもなあ」

楽しげに僕たち三人を見回した。健吾が生唾《なまつば》を呑むのが喉《のど》の動きで分かった。

話し合いが終わると僕たちはすぐに解散した。健吾には除霊の方法を一応教えたが、彼はまるで安心している様子はなかったし、僕も匡も自信を持って勧めることはできなかった。

翌日。健吾は死人のような顔で教室に現れた。目の周りから頰、唇まで腫れ上がり、カサカサに乾いている。彼は僕たちと目も合わさず教室を横切り、無言のまま自分の席に突っ伏した。

匡が振り返る。悔しそうな顔で「あかんかってんな」と呟く。僕は小さくうなずいた。

除霊は効かないのだ。少なくとも僕たちの除霊は。つまり健吾はこのままだと、今晩も悪夢にうなされることになる。ババアに追いかけられることが確定している。

僕たちの列の一番前の席で、健吾は突っ伏したままぴくりとも動かない。その左隣——窓際の一番前の席で、勝也が彼を眺めていた。さすがに気の毒だと思っているのか表情は

硬かった。

「――あ」

　二人を眺めていると頭の中がパッと開ける感覚がした。直後にざわざわと不安が胸に広がる。まさか、有り得ない。でもひょっとすると。

　僕は匡の肩を叩いた。

「ん？」

「あのさ、ぼ、僕が夢見たんは十四日から十六日までの三日間やった。匡は十七日からの三日やんな？　十九日まで」

「えーっと」彼は眉間《みけん》に皺《しわ》を寄せて、「うん、そう。その三日」

「健吾が見始めたんは二十六日の夜や」

　僕は自分たちの列を指で示すと、「匡と健吾の間には二人おる。中島《なかじま》さんと三好《みよし》さん」

　前後に並んだ彼女らの背中を見つめながら、

「ひょっとして中島さんは二十日から二十二日までの三日間、その次に三好さんが二十三日から二十五日までの三日間、ババアの夢見たんちゃうかな」

　と言った。匡は「え？」としばらく列を眺めていたが、やがて、

「うせやろ？　それ――」

　呆然とした顔で僕を見た。うなずいて返すと、彼は「ええっと」としばらく迷ってから、

前の席の中島さんの背中を突《つつ》いた。

瓶底《びんぞこ》眼鏡の彼女が暗い顔で振り返る。匡はしどろもどろになりながら、

「へ、変なこと訊くけどごめん。三日連続でババアに追いかけられる夢見ぃひんかった？　二十日から、えっと」

中島さんの目がみるみる見開かれた。

震える唇から「何で知ってんの？」と、か細い声が漏れる。

僕と匡は顔を見合わせた。同時に席を立って、「どういうこと？」と泡を食っている中島さんを放置し、その前の席の三好さんに声をかける。

「ババアに追いかけられる夢見てへん？」と匡が訊く。

「つ、つい最近。二十三、二十四、二十五の三日連続で」と僕が補足する。

三好さんは大きな目をぱちくりさせて、「何で知ってんの？」と中島さんと全く同じことを口にした。

もう間違いない。健吾の背中を見つめながら僕は確信した。

ババアは生徒の夢から夢へ、三日かけて席順に移動している。

勝也を除く窓際の生徒四人に聞いて、僕と匡は更に確信を強くした。

僕の左隣の戸倉《とくら》さんは十一月十一日から十三日までの三日間、遊園地でババアに追いか

けられる夢を見たという。日付も僕と連続しているし期間も同じ三日だ。そして彼女の家は学校の目の前にある戸建てだった。匡が家で口にした仮説を裏付けている。

正確に日付を覚えていない子もいたけれど、僕と匡は先生が来た頃には必要な情報を手に入れていた。

最初に夢を見たのは勝也だった。おそらく十月三十日から十一月一日までの三日。そこからババアは後ろの席の生徒の夢に移動した。戸倉さんに辿り着くと今度は右隣の僕へ、そこからは前の生徒へ。

完全に席順だった。この法則を当てはめるなら、次にババアを夢見るのは健吾の右隣、石狩《いしかり》くんということになる。期間は明日――十一月二十九日の夜から、十二月一日まで。

授業中にこっそり匡に説明すると、彼は白い顔を青くして、

「どないなってんねん……」

と呟いた。僕は「分からへん」と答える。法則が見えたことで余計に分からなくなっていた。ババアは何なのか。夢の中を移動する存在とは何なのか。それもクラスの席順に。

窓際の生徒たちは一様に不安そうにしていた。勝也も落ち着かない様子で、ちらちらと僕たちに視線を送っていた。中島さんと三好さんも。

健吾は突っ伏すのを止めていたが、ずっと頬杖を突いたままだった。休み時間もほとんど動かず、終わりの会が終わるなり教室を足早に出て行った。

その夜、僕はなかなか眠れなかった。健吾のことが気になって仕方がなかった。寝ると悪夢を見ると分かっているなら、手っ取り早い対策は一つしかない。

翌日、十一月二十九日。健吾はげっそりした顔で教室に入ってきた。僕たちの席にやって来る。澱《よど》んだ目の下には濃い隈《くま》ができていた。

「……徹夜したん？」

そう訊くと、彼は「四時までは起きてた」と溜息を吐いた。

「でも力尽きて寝てもうた。そんで」

薙刀を振り下ろす仕草をした。がっくりと肩を落とす。

「徹夜できたらどうなってたんやろな」

匡が神妙な顔で言った。

「次に行くんか、それとも……」

「もうええって。とりあえず俺は大丈夫やろ？　クリアしたってことでええねんな？」

健吾が不機嫌そうに訊いて、僕と匡は「たぶん」とうなずいた。彼は「そうか」と力なく言って、ずるずると自分の席に向かった。

右隣の席で石狩くんが、太った身体を窮屈そうに席に押し込めている。

「教える？」匡が訊く。

「……いや、明日訊こう」

自分でも残酷だと思いながらそう提案すると、匡は「まあ、そっちの方が意味あるわな」と答えた。

次の日。教室に着くと僕は真っ先に石狩くんの席に向かった。

「ババアの夢見た？　夕べっていうか夜中っていうか」

石狩くんは小さな目を何度も瞬《しばたた》かせると、「何で知ってんの？」と、これまた同じことを言った。

彼の顔を見つめたまま、僕はぼんやりと考えていた。ババアのこと。ババアが移動すること。そして——クラス全員がババアの夢を見ることを。

この調子で行けば二月の半ばまでには、ババアは生徒全員の夢を渡り切る。その前に何か対策するべきだろうか。新たな除霊方法を探すべきか。とりあえずまだ夢を見ていない生徒に伝えるべきか。それともこのまま静観するべきか——

いずれも妥当とは思えなかった。考えあぐねていると新たな疑問が浮かんだ。

生徒を制覇したババアはどこに向かうのか。

考えても答えの出ない問いがぐるぐると頭の中を回り始めていた。石狩くんが「なになに？　何か不吉な夢なん？」と不安そうに僕を見上げていた。

その日の五時間目、国語の授業中のことだった。

「ちょっと」

先生が不意に言った。パシンと教壇を指示棒で叩いて、

「馬場《ばば》さん吉松《よしまつ》くん、さっきからうるさいよ」

と二人を睨み付ける。廊下から二列目と三列目の、それぞれ一番後ろの席に並んだ二人が揃って首を縮める。実際二人は僕の席に聞こえるほどの声で話し込んでいた。

「何の話してたの？　授業中にせなあかんほど大事な話？」

先生は赤い唇をへの字にして、腰に両手を当てた。二人は答えない。

「馬場さん」

先生は虫の居所が悪かったらしく、追及の手を緩めなかった。二列目の最後尾の馬場さんは、長い三つ編みを弄《いじ》りながら俯《うつむ》いている。

「何の話してたん？」

「……ゆ、夢の話」

かすかな声で彼女が言った。前の席で匡が二人に顔を向ける。

「夢って将来の夢？　そら大事な話やねえ」

嫌みったらしく先生が言うと、馬場さんは首を振って、「夜に見る夢」と答えた。先生が呆れ顔を作ったところで、

「だってね」馬場さんは不意に声を張ると、「わたしがこないだ見た夢と同じのん、吉松

くんも見たって言うねんもん。そんなん気になるやん」と泣きそうな顔で訴えた。

窓際の生徒たちが一斉にざわついた。僕と匡は顔を見合わせる。

「吉松くん、そんな話してたん？」

「はい」吉松くんは黒縁眼鏡を押し上げると、「すみません、偶然にしては同じすぎるから、気になってつい」

大人のような言い回しで答える。

「何の夢？」先生が絶妙な質問を投げかけた。僕も匡も息を潜めて吉松くんを見守る。

彼は背筋をしゃんとさせると、

「青い犬に追いかけられる夢です。宝塚ファミリーランドで」

と答えた。その瞬間、

「ええっ！」「うそお！」

廊下側の二列から次々に驚きの声が上がった。窓際の生徒たちもますますざわついている。突然の事態に先生はたじろいだが、すぐに、

「はいはい、夢の話はもうええから、集中――」

「それウチも見たよ！」

馬場さんのすぐ前の席で、宇都宮《うつのみや》さんが叫んだ。素早く振り返ると「ウチ狼やと思ってたけど、なんか青く光ってて怖い顔してるやんな？」

甲高い声で訊く。馬場さんは三つ編みを揺らして、

「うん、うん」

何度もうなずいた。

俺も、わたしも、と廊下側から次々に声が続く。ざわめきの中から「家のマンション」「真っ暗」「三日連続」といった言葉が飛び出して耳に届く。

「……うせやろ」

匡が虚《うつ》ろな声で呟いた。ますます騒がしくなるのを聞きながら、僕は呆然と教室を眺めていた。口々に話し合う廊下側の生徒たち、顔を見合わせる馬場さんと吉松くん。

健吾と勝也が何ごとか話していた。

「うるさいよ！」

先生が真っ赤な顔をして、指示棒で教壇を打ち鳴らした。

授業が終わるとすぐ、僕と匡は吉松くんと馬場さんの元へ走り寄った。夢の詳細を聞く。

二人が見た夢は「青く光る大きな犬に追いかけられ、お化け屋敷で道に迷い、背後から唸り声がしたところで終わる」という内容だった。二人の家はいずれも戸建てだった。

馬場さんが見たのは十一月二十六日から二十八日まで、そして吉松くんは二十九日――

昨日の夜だった。

話の流れで僕は二人に、ババアの夢のことを打ち明けていた。

「にわかには信じられんな」

吉松くんはまたしても大人のような口調で腕を組んだ。馬場さんはぽかんとしていた。

匡は宇都宮さんから話を聞いていた。やがて僕に顔を向けると、

「馬場さんの直前に見てるわ。ってことは多分、廊下側から来てる」

と言った。信じられなかった。でも信じざるを得なかった。

ババアが窓側から、青い犬が廊下側から、生徒たちの夢を移動している。生徒たちは端から席順に、二つの悪夢に襲われている。

有り得ないことが二つ同時にこのクラスで起こっている。

「ん？」不意に吉松くんが言って、首を捻《ひね》った。直後に匡が「あ」と口を開ける。

「どないしたん？」

「いや、あのな……」匡が青ざめた顔で口ごもると、

「ぶ、ぶつかる」

吉松くんが言った。

「このまま行くと誰かの夢の中で、青い犬とそのお婆さんがぶつかるかもしれない。両方一緒に夢見るっていうか。ええと」

教室の席を数えながら、「あそこが十一日で……」と呟く。僕は慌てて彼の後に続いた。

彼を追い越すつもりで計算した。三日で次に移動するなら、つまり――

「……十二月二十日や」

分かった瞬間に口にしていた。

「だね」吉松くんがうなずいて、「ちょうど真ん中の席でぶつかる」と補足する。

ババアと青い犬がぶつかる、教室の真ん中の席。それは廊下側からも窓際からも四列目の、前からも後ろからも三番目の――

宮尾郁馬の席だった。


二つの悪夢の話は、その日のうちにクラス全員に知れ渡った。まだ夢を見ていない生徒の多くは怯《おび》えていた。一部は楽しそうにしていた。

既に夢を見た生徒は、見ていない生徒にアドバイスを送っていた。三日で終わるから安心しろ、どのみち命の危険はない、徹夜はどうなるか分からない。

宮尾も当然知ることとなった。ババアと青い犬を自分が同時に夢見ることも。

「俺にドッキリ仕掛けてるんちゃうか？　お前が最初に言い出したんやろ、ババアの夢とか」

放課後になった途端、彼は僕の席に来るなり凄んだ。

「まさか」卑屈な笑みを浮かべる自分に呆れながら、僕は、「こんな訳分からん話、作ろうと思っても作れへんよ」と正直に言う。

「実際に夢見てんねん」

匡がきっぱりと言った。

「みんなに聞いて確かめてみいや」

宮尾は匡をギロリと睨み付け、大きく舌打ちして教室を出て行った。

「……ありがとう」

僕が礼を言うと、匡は「ええよ」と首を振って、

「あいつ内心ビビッてんで。目が泳いどったもん」

かすかに笑みを浮かべた。

翌日、十二月一日。石狩くんは登校するなり「ババアの夢見たわ」と言い、吉松くんは「青い犬を見た」と言った。十二月三日になると、石狩くんの後ろの湯田《ゆだ》さんがババアを、吉松くんの前の岸辺《きしべ》くんが青い犬を。湯田さんは朝教室に来た時点で泣いていたけれど、岸辺くんは「見たぞ！」とピースサインを作って現れた。

ババアも青い犬も、今までと変わらず三日ごとに席順に、生徒の夢を移動し続けた。規則正しく確実に宮尾の席に迫っていた。

宮尾は夢の話題に一切加わろうとせず、誰かに話を振られると声を荒らげた。日が経《た》つに連れて落ち着きがなくなり、先生に注意されることが増えた。

十二月十日を過ぎた頃には口数が減っていた。人に絡んだり因縁《いんねん》をつけたりすることも

なくなり、休み時間になる度に教室を出て行くようになった。

「二昭堂におったぞ、昨日」

そう教えてくれたのは勝也だった。「女子の本のとこにおった。おまじないとか開運とかの本がある辺り」と楽しそうに言う。僕は複雑な気持ちになった。除霊の記事を必死で読み込んだ自分を思い出していた。あの時と同じ不安と焦りを宮尾は感じている。いや、ひょっとして倍は感じているかもしれない。

クラスの大多数が宮尾に注目するようになっていた。夢の順番が回ってきた生徒すら、「怖かったわあ、宮尾くんはどうなんねやろ」と、眠そうな顔で彼の話をした。彼とつるんでいる男子数名は微妙に距離を置くようになっていた。服従の対象から観察の対象へ。クラスの人間関係が、体制が、二つの夢をきっかけに劇的に変化していた。

十二月十七日。遂に宮尾の前後の生徒が悪夢を見始めた。

彼の前に座る木下《きのした》さんは「ほんまに青く光ってた」と引き攣《つ》り笑いを浮かべて教室に入ってきた。後ろの高坂《こうさか》くんは「なんでお化け屋敷に逃げんねん」と小声で自分に突っ込み、周囲から「そこな」と妙な共感をされていた。二人とも宮尾が視界に入ると黙り込み、何か話すとしても夢については口にしなかった。

宮尾はこの何日かで明らかに痩《や》せていた。頬はこけて目だけがギョロリと大きく見えた。給食もあまり食べていない様子だったし、何よりあの威圧的で強そうな雰囲気が完全に消え失せていた。

怖いのだろう。

授業中、斜め後ろから彼の背中を眺めて僕は思った。訳の分からない出来事が自分の身に降りかかる。日付まで確定している。おまけにそれをクラス中が知っていて、好奇の目に晒《さら》されている。全部が怖い。うち一つだけでも僕なら耐えられない。ただババアに追いかけられるだけでうなされ、泣き喚《わめ》いた僕には。

二十日になった。木下さんと高坂くんが青ざめた顔で登校し、クラスの空気がピンと張り詰めた。先生が来る前なのに静かになっていた。

宮尾はチャイムが鳴るギリギリに現れ、憔悴《しょうすい》しきった顔で席に座った。

「……正直言うていい？」

匡が僕に耳打ちした。「俺までなんか怖くなってきた」

僕はだまってうなずいた。先生は教室に入ってくるなり、不思議そうな顔で教室を眺《なが》め回した。

その晩は眠れなかった。何度も寝返りを打ってトイレに行って、僕は眠気が来るのを待った。兄の気持ち良さそうな寝息が酷く耳障《みみざわ》りに聞こえた。

そして二十一日の朝。

教室に着くと、半分ほど揃っていた生徒が一斉に僕を見た。すぐに目を背ける。残念そうな雰囲気を肌で感じた。宮尾の到着を待っているのだ。

匡は落ち着かない様子で椅子を鳴らしていた。

「いよいよだね」

吉松くんがわざわざ僕の席にやって来ると、「誰が本人に訊く？　澤口くんか後藤くんがいいんじゃないの」

「いやあ」僕は顔をしかめると、「訊かれへんよ、そんなん」と匡を見た。

「訊いてみたいけどなあ、でもなあ」

匡は両手で頬を押さえながら、「あかん、なんでか俺が緊張してるわ」と身体を揺らした。

今か今かと待ち構えているうちにチャイムが鳴った。宮尾は来ない。クラス中がざわめいている。「死んだんか？」と物騒な言葉があちこちで飛ぶ。

前のドアから先生が入ってきた。挨拶を済ませると、彼女は神妙な顔で、

「宮尾くんですが」

そこで言葉を切った。教室が凍りついたように静まり返る。僕はほとんど呼吸を止めていた。鼓動がうるさいほど鼓膜を震わせる。先生は教壇から僕たちを見下ろして、

「今朝方、家が火事になって入院しました。命に別状はありません」

と言った。

ええっ、という声がいくつも重なって教室に響いた。

二つの悪夢を見る生徒はいなくなった。順番的には木下さんがババアの夢を、高坂くんが青い犬を見るのではないかと予想していたけれど、十二月二十四日の朝に訊いたところ、二人とも「見てない」と首を振った。それ以降も誰かが見た様子はなかった。

宮尾が再び登校したのは三学期、一月の半ばだった。松葉杖を突き、頬に絆創膏《ばんそうこう》を貼ってはいたけれど、それ以外は以前の彼だった。二つの悪夢などなかったかのように、元の偉そうな番長に戻っていた。かつての取り巻きは再び彼に従うようになった。匡は再び家に押しかけられるようになった。

誰も宮尾に夢の話は訊かなかった。宮尾も自分からは話そうとしなかった。そのうち夢の話をする生徒は減っていき、いつしか誰も話さなくなった。僕も匡も。

でも一連の出来事は今でも覚えている。こうして書き記せるほど鮮明に記憶している。あともう一つの出来事を書けば、二つの夢にまつわる全てを書き終える。

三学期の終業式が迫ったある日のことだった。

ギプスの取れた宮尾が体操服に着替えている時、僕は見てしまった。他の何人かの生徒も見ていただろう。少なくとも匡は見ていた。あんぐりと口を開けて宮尾を凝視していた。

「あ？」

視線に気付いた宮尾が振り返り、ギロリと睨み付ける。僕たちは慌てて目を逸《そ》らした。

「見た？」匡が小声で訊く。

「うん」僕は小声で返す。それだけ言うのが精一杯だった。横目でこっそり宮尾をうかがう。睨むのを止めた彼はこちらに背を向け、体操服を頭から被った。

彼の背中には、斜めに刃物で切ったような赤い傷があった。

脇腹には犬の歯形のような青い痣《あざ》があった。

着替え終わった宮尾は取り巻きとともに、笑いながら教室を出て行った。

闇の花園

I

予兆もなく漆黒《しっこく》の淵から引きずり出され、我が真の意識と肉体は音も無く霧消す。如何《いか》なる事態かも判然とせぬまま、我が仮初《かりそ》めの意識は朽ちたる襤褸布《ぼろぬの》の狭間《はざま》で目を醒ます。閉ざしたる窓の隙間から差し込む、白く尖《とが》りたる光が仮初めの両眼を焼く。陽光。愚昧《ぐまい》なる神どもの業《わざ》。蒙昧《もうまい》なる人どもの糧《かて》。闇に棲《す》まう我らにとっては忌まわしき毒。

となれば「今」は「朝」という刹那《せつな》であり、我は「先刻」まで眠りしか。

仮初めの身体を意思を以て動かす。呼吸。そう、この身体は呼吸なる運動によって己を稼働させ維持し僅《わず》かな期間を生きる。不合理な仕組み。賢《さか》しらな神の作りし枷《かせ》。

窮屈な身体を起こし、視界を闇に慣らす。こんな些細《ささい》なことにさえ、仮初めの身体は対応に時間を要す。実に奇妙だ。

こんなものに魂を隠して生きなければならぬ、我という存在もまた。

壁を這《は》う蜘蛛《くも》が見える。陽光に照るはその棲家《すみか》。か細き糸で編まれし幾何学の城塞が、天井と壁の衝突せし角《かど》にその領土を誇示している。

足元を奔《はし》る蟲《むし》たち。漆黒の甲冑《かっちゅう》を妖しく輝かせ、瞬く間に調度の陰に消える。瞬くように羽ばたく蛾《が》。舞い散る鱗粉《りんぷん》が鼻腔に潜り込み、香《こう》のような妖しき香りと温もりが肺腑に醸《かも》される。

表に出なければならない。

仮初めの意識が思う。浅薄で、慌しく、退屈な、人の作りたる世界に。

我が仮初めの口が開く。仮初めの舌がのたうつ。仮初めの肺にエーテルが満ち、仮初めの喉《のど》が震え出す。

呼ぶのだ。隣の部屋で未だ惰眠《だみん》を貪《むさぼ》る――

愚かで可愛い我が下僕《しもべ》を。

一

飯降沙汰菜《いぶりさたな》がクラスメイトと喋《しゃべ》っている姿を、臨時教員の吉富大介《よしとみだいすけ》は一度も見たことがなかった。

本来の担任である女性教師が、体調不良で休職したのが先月五月の半ば。代わりに彼がここ、○×小学校四年二組を受け持つことになって、まだ二ヶ月と経《た》っていない。

同級生と話さない生徒なら、どの学校、どのクラスにもいる。いじめが絡んでいるケースも少なくないが、ただ孤独を好み、人との関わりを避けたがる生徒も確実にいる。しかし。

　それらを割り引いても、沙汰菜の場合は特殊だ。吉富は早くもそう確信していた。理由はいくつもある。

　彼女は常に真っ黒な服を着ていた。それも長くてヒラヒラして重そうな服を。差し色もなければ光沢すらない、夜の闇のように黒いドレスを。

　服だけではない。沙汰菜はタイツも下靴も文具も、ランドセルも黒で揃えていた。上履きすらサインペンか何かで黒一色に塗り潰《つぶ》していた。色彩のあるものといえば、黒いペンケースの中にある赤ペンが一本だけ。髪が黒いのは当然のようで当然ではない。ここ十年で、茶色い髪の小学生は確実に増えていた。

　ゴスロリというやつだろうか。沙汰菜を見るたびに、吉富は学生時代に原宿で目にした、似たような格好の少女たちを思い出した。しかし、記憶の中の少女たちと比べても、彼女は徹底して黒い。

　雪のように白い肌のせいもあるだろう。この季節でも長袖で、首を隠すほど大きな衿《えり》のドレスを着ている沙汰菜の、顔と手は極端なまでに真っ白だった。

　教室にいる間、吉富は何度も彼女に目を遣《や》るようになっていた。というより、彼女に視線が引き寄せられてしまっていた。ただ座っているだけで、ただ教室を出入りするだけで、彼女は嫌でも目立っていた。

授業中はただ教科書とノートを開いて、ぼんやりと窓の外を眺《なが》め、終礼が済めば音もなく教室を出て行く。給食はほとんど食べず、テストも名前以外は白紙。指名しても黙り込んで答えない。何度か辛抱強く待ってみたが、他の生徒がざわめくのに負け、吉富は早々に彼女を当てることを止めていた。

「おかーさんのせいかなあ」

沙汰菜について他の女子生徒に訊《き》いたところ、こんな答えが返ってきた。説明を求めると、彼女はラメで光る爪を噛《か》みながら、

「へんなおばさん」

と楽しげに言った。語感が面白いのだろう。へんなおばさん、へんなおばさん。何度もそう繰り返す。周りの女子がそれを聞いて笑う。年相応に幼い反応。

「飯降のお母さんは、ちょっと変わってるの？」

吉富が一歩踏み込んで訊くと、女子生徒の一人が、

「まじょ」

と声を潜めた。まじょまじょまじょ。そう笑い合う生徒たちの前で、彼は首を捻《ひね》ることしかできなかった。

「魔女」だろう。自分は間もなく、その魔女に会う。

個人面談だった。ひとり前の面談を終え、吉富は誰もいない教室で姿勢を正した。中央の机二つを向かい合わせにした、小ぶりな「島」の前で腰掛けて。

どんな母親が来るのだろう。娘の同級生に魔女よばわりされる女性は、どんな姿をしているのだろう。沙汰菜の母親――飯降瑠綺亜《るきあ》は、どんな女性なのだろう。

日程と署名が書かれた面談の提出書類を眺めながら、吉富は待った。

気配を感じて顔を上げると、小太りの中年女性がじっと、吉富を見下ろしていた。顔の全てのパーツが丸い。ダルマのようにへの字口にしているせいで、顎《あご》に皺《しわ》が寄っている。彼女の顔がザラついて見えるのは何故《なぜ》だ、と訝《いぶか》って、吉富はすぐに気付いた。

頭に載った黒い帽子から、長く黒いレースが垂れて、女性の顔を覆っている。目の前の女性は喪服を着ていたのだった。

慌てて席を立つと、彼女は嗄《しわが》れた声で、

「飯降沙汰菜の母です」

と囁《ささや》いた。でしょうな、と思いつつ吉富は挨拶を済ませ、席を勧める。彼女は真っ黒な日傘と、これも真っ黒なキャリーバッグを脇に置いて、ゆっくりと席に着いた。

授業態度と交友関係について端的に、ありのままを報告する。瑠綺亜は眉一つ動かさず、吉富の言葉を聞いていた。

「……というわけでですね」報告が済むと、吉富は覚悟を決めて、「成績はともかく、勉強はしていただきたいな、というのが正直なところでして」

瑠綺亜はわずかに首を傾《かし》げた。目がぎょろりと吉富を睨《にら》む。

「えっと、授業の進行に差し障《さわ》りがあるわけじゃないですよ。他の生徒に迷惑だとかは全然。でもなんというか、ただ学校に来て帰るだけ、というのが、娘さん——沙汰菜さんの現状でして。学費の面でもそれはもったいないかな、と。給食もあまり食べないし、健康面でも心配といえば心配です」

「ご心配なく」

瑠綺亜はほんの少し目を伏せて言った。

「食事は必要なものを、必要なぶん摂《と》っています。給食は口に合わない——以前からそうお伝えしているはずですが」

「ええ、それはハイ、そうなんですが」

吉富は作り笑顔でうなずいた。過去の書類には目を通していたし、過去の担任にも話は聞いていた。母親の瑠綺亜が変人であることも。父親がいないらしいことも。しかし、

「その、あんまり学校やクラスと壁を作るのも、どうかなと思いまして」

笑みを浮かべたまま、吉富は言った。

学級崩壊、いじめ、不祥事、痴情、その他もろもろ。どんな学校にも問題は山積みだ。そういうものだと割り切る術《すべ》も心得ていた。しかし親子の問題ともなれば話は別だ。それ

は人の、生徒の人生を決定的に左右する。

かつてモンスターペアレントの母親と何ヶ月も話し合いを重ね、考えを改めさせた経験のある吉富にとって、沙汰菜は見過ごすことのできない生徒だった。そして必ず改善できる案件だとも思っていた。だからここに呼ばれたのだという確信すらあった。

自分は親子問題を処理するスペシャリストだ、という自負も。

「くく」

奇妙な音が瑠綺亜の口から漏れた。笑い声だ。吉富がそう判断するまでしばらくかかった。それほど彼女の発した声は虚《うつ》ろで歪《ゆが》んでいた。

赤く丸い唇から大きな前歯がこぼれる。彼女は悠然《ゆうぜん》と吉富を眺めて、

「前の方にも、その前の方にも申しましたでしょう――わたくし、そんなホ、ー、ム、ド、ラ、マ、み、た、い、なものに興味がないのです」

「ど、どらま？」

「ええ。あるいは教、育、ビ、デ、オ」

ことさらに口を丸く開け、手を添える。欠伸《あくび》の真似事をしているのだ。

「いや、あのですね」吉富は前のめりになって、「ドラマとかビデオとかの話じゃないんです。現実に起こっている問題なんですよ。このまま社会に出たら」

「出ません」

「は？」

思わず声が漏れる。瑠綺亜はゆっくりと身を乗り出すと、

「我々崇高な一族には一切必要ないのですよ。社会などという、人間どもの退屈極まりない戯れは」

そう囁いた。見開いた目には嘲《あざけ》りの光が輝いていた。

吉富は呆然《ぼうぜん》として、席に腰を沈めた。瑠綺亜が帰ったことに気付いたのは、次の親に心配そうな声で呼ばれた時だった。

II

天鵞絨《ビロード》の暗幕を開く。琥珀《こはく》色の天が徐々に青紫に変じる様を眺めるうち、我が真の魂が妖しく脈打ち始める。人どもの刻《とき》、生の刹那が過ぎ行き、代わりに訪れるのは我ら闇の一族の時間。夜——即ち死の刻。

暗闇の到来とともに胎動する我が内なる衝動、渇望の激しさに、仮初めの肉体は軋《きし》み仮初めの意識は寸断される。欲しているのだ。我が真の魂が、真の肉体を育てるための——餌《えさ》を。

我が咆哮《ほうこう》が下僕の名を呼ぶ。扉を開け馳せ参じた下僕は恭《うやうや》しく膝を折って我が前に

傅《かしず》く。

——今宵の餌はまだか。

下僕は躊躇《ためら》いがちに顔を上げると、

「お詫び申し上げます。今日は如何なる理由か街が慌しく、官憲も其処彼処《そこかしこ》に」

そう申すなり再び平身低頭す。

——急げ。

我は仮初めの爪を立て下僕に告げる。下僕は「すぐさま」と身を縮め足早に部屋を、城を出る。刻々と耐え難くなる飢えと渇きに抗《あらが》いつつ玉座《ぎょくざ》に腰を下ろし、来たるべき刻について思索する。

間も無くだ。間も無く我は目覚める。

この縛《いまし》めも潰《つい》え、真の姿にて顕現《けんげん》する。そのためには餌が要る。

今は待つのみだ。下僕の帰りを。下僕の色香に惑い誘われし男どもを。

我が覚醒を阻むものなど何も無い。

その刹那、仮初めの意識の片隅に、幽《かす》かにある姿が去来する。忌々《いまいま》しき陽光の下の、四角く巨《おお》きな建物の、四角い部屋の、壇上に立つ男。

教師だ。吉富といったか。

仮初めの頬《ほお》が歪む。指先で触れてその様を確かめる。

微笑だ。如何なる理由か我は笑ったらしい。

あの男が我が覚醒を阻むか。真逆《まさか》。

あの教師が我が悲願を妨げるか。笑止。

だが油断はならぬ。振る舞いと言葉から推察するに、彼奴《きやつ》が我らを案じているのは紛《まご》うことなき事実。塵芥《じんかい》の如き人の仕業とはいえ、嘲り侮《あなど》るのは愚かなり。万難を排し臨まねばならぬ。万全を尽くさねばならぬ。

我ら闇の一族の悲願を成就せしむるためには。

二

沙汰菜の様子がおかしいと気付いたのは、夏休みが迫ったある日のことだった。

疲れている。やつれている。顔色は相変わらず真っ白で、表情に何一つ変化は見られなかったが、吉富にはそう感じられた。機械のような動きが、今までよりわずかに緩慢に思えたせいもあった。

「飯降、ちょっと」

終礼が終わると、吉富は教卓から彼女を呼んだ。クラスのざわめきが半分以下に減り、何人かの生徒は驚いた目で彼を見た。他の何人かは沙汰菜を。

当の沙汰菜はランドセルを手にしたまま、吉富をじっと見つめていた。暗い瞳には何の感情も浮かんでいなかった。カチューシャの黒いリボンがわずかに揺れていた。

露骨に興味を示す生徒たちをどうにか追い出し、扉も廊下の窓も全て閉めると、吉富は沙汰菜の前の席に座った。振り返るような半端な姿勢で、彼女を見上げる。呼ばれた直後から突っ立っていた彼女がようやく腰を下ろす。ランドセルを机に置くと、彼女は自分の膝に視線を落とした。

間近で見るとやはりこれまでとは違う。頬は白を通り越して青い。静脈が浮いているのだ。唇もピンク色とは呼べないほど生気がない。黒子《ほくろ》もそばかすも腫れ物もない、人形のように整った顔を凝視している自分に気付いて、吉富は我に返った。

「どうだ、調子は」

そう言った瞬間に後悔する。何の意味もない問いかけだ。他の生徒でも答えづらいだろう。真っ向から気の利いた対応ができるのは、クラスの上位——明るく運動ができて友人も多い、ごく一部の生徒だけだ。

案の定、沙汰菜は何も答えなかった。小ぶりで高めの鼻から、かすかに呼吸の音が聞こえただけだった。それにあわせてリボンが上下している。揃った前髪の右端が濡れて、眉尻に張り付いている。

汗をかいているのだ。

「暑いのか」

吉富はとっさに訊いた。口にした途端、自分の身体にも夏の熱気が絡み付いているのを感じる。背中にも汗がにじんでいるのが分かる。

教室にエアコンは設置されていたが、授業中以外の使用は校長に禁止されている。この日も六時間目が終わると同時に、吉富は律儀に送風を切っていた。

半袖ポロシャツ一枚にチノパンの自分ですら暑いのだ。長袖で、黒服で、何枚も着込んでいる沙汰菜はなおさらだろう。通気性も悪そうだ。そう思った瞬間、

「……少し」

沙汰菜が答えた。かすかな声だった。校庭側の開いた窓から、蟬の鳴き声が響いてもいた。それでも吉富の耳に、彼女の囁きははっきりと聞こえていた。

「だ、だよな！」

笑みとともにそんな言葉が、吉富の口から零《こぼ》れ落ちた。大急ぎで窓を閉め、躊躇いなくエアコンを点《つ》ける。涼しい風が教室を流れ、汗を乾かしていく。元の席に座ろうと足を進めると、沙汰菜が顔を上げているのに気付く。

「どうだ。ちょっとはマシになったかな」

「……はい」

吉富を見つめながら、彼女は口だけで答えた。大きな瞳。吸い込まれそうな感覚を振り

払って席に着くと、彼は、

「最近、ちょっと元気ないみたいだけど」

仕切り直しとばかりに陽気に、そして単刀直入に訊いた。

沙汰菜の頬がピクリと震えた。驚いたのか。それとも他に理由があるのか。とはいえ変化しているのは確実だ。吉富は彼女に笑いかけ、

「やっぱり夏は大変なんじゃないかな、その格好だと」

と、更に踏み込んだ。この流れなら行けると踏んでいた。何かしらの答えは返ってくると信じていた。

沙汰菜の顔が、今度は明らかに変わった。目が見開かれ、唇の間から小さな歯が覗く。一瞬だった。ぱちり、と大きく瞬《まばた》きをして、彼女はもとの無表情に戻った。

客観的に見て、ついさっきの表情は「驚き」以外の何物でもなかった。それを見た吉富の心にも、同じ感情が広がっていた。なぜびっくりするのだろう。自分の発言がそれほど意外だったのか。

「どうした？」

間が空くギリギリのところで、吉富はそう問いかけた。頭の中で次の手をあれこれ考えもしたが、結局は素直に訊くことを選んでいた。

返事はない。沙汰菜は黙って彼を見返している。口を閉じ、瞬きさえしない。彼女の心

理を測りかねた末に、

「……先生、変なこと訊いたかな」

吉富は頭を搔《か》いた。うかがうように彼女を見ると、

「いいえ」

沙汰菜はかすかに言って、小さく首を振った。考えるより先に、

「今さっきびっくりしたのは、いきなりだったから？」

「いいえ」

今度は口だけで答える。

「じゃあ、夏はやっぱり暑い？」

「少し」

「だ、だったら」吉富は前のめりになって、「どうしてびっくりしたんだ？」

沙汰菜は答えなかった。しかし、吉富はむしろ確信を得ていた。心の中でガッツポーズさえしていた。手がかりを摑《つか》んでいたからだ。

彼女は基本「はい」「いいえ」で答えられる質問にだけ答えている。

「その格好は、ずっと前から？」

「はい」

「前からその、黒いんだ？」

「はい」

「デザインっていうかその、レースも」

「…………」

「よ、要は何ていうか、ゴスロリ系？」

「…………」

「そういう形の服？」

「はい」

落ち着け、と自分に言い聞かせながら、吉富は小さく深呼吸した。どうにか会話ができている。質問の方法以外にも見えてきたことがある。具体的な名称が入ると途端に答えなくなる。あまり言葉を知らないのかもしれない。まだ四年生だから仕方ないとも思えたし、浮世離れした彼女なら有り得るとも思えた。そしてこうも憶測していた。

言葉を知らないのは、人や社会と関わっていないせいもあるのではないか。沙汰菜は想像以上に世間から隔離されているのではないか。あの母親——瑠綺亜によって。

沙汰菜が目を細めた。顔に日差しが直撃している。雲から覗《のぞ》いた太陽の光が、教室を照らしていた。

白いカーテンを閉めると、吉富は立ったまま、

「お母さんがそういう格好、好きなのか」

と訊いた。沙汰菜は視線を彼に向け、

「はい」

と答えた。やはりか。

「飯降は家でもそういう格好なのか」

「はい」

「お母さんも」

「はい」

沙汰菜は変わらず機械的に答える。視線からは思考も感情も読み取れない。吉富はここで再び踏み込んだ。

「飯降はお母さんに、そんな格好をさせられているのか」

そう訊くと、沙汰菜は、

「いいえ」

はっきり言って、首を振った。

質問が悪かったのだろうか。この流れなら間違いなく、彼女は「はい」と答えるはずではなかったか。吉富は苦笑が出ないように注意して、

「じゃあ、好きで着てるのか？　飯降が好きだから」

と問いかけた。

「はい」

沙汰菜はあっさりと答えた。迷いや含みは少しも感じられなかった。吉富は立ち竦《すく》んだまま、彼女の冷たい顔を見つめていた。

「……本当に？」

そう言葉が漏れていた。

「はい」

沙汰菜は再びそう答えると、わずかに躊躇ってから、

「これが好き」

と続けた。肯定でも否定でもない、明確な主張だった。視線は吉富の目を真っ直ぐ射貫《いぬ》いていた。

額面どおりに受け取ることは困難だった。こんな年端《としは》も行かない子供が、好きで黒服ばかり着るだろうか。よしんば黒い色が好きだとして、こんな服装を選ぶだろうか。暑苦しさに耐えて日々を過ごすだろうか。

吉富は肌寒さを感じていた。冷房のせいだけではないのは自分でも分かっていた。

ありふれた言葉が頭をぐるぐると巡っていた。

洗脳だ。沙汰菜は、瑠綺亜に心の底まで支配されている。

決め付けはいけない、早合点は禁物だと理解していても、彼はそう考えてしまっていた。

Ⅲ

下僕が連れし贄《にえ》の身体を貪り尽くし金品を剝奪す。今宵の餌は醜く肥え太り饐《す》えた臭いを放つ、豚の如き男。裏腹に懐は寂しく仮初めの歯が軋る。紙幣が数枚。硬貨が数十枚。仮初めの身体を生かし動かすには乏しい。

げに不合理なる人の世の営み。げに理不尽なる人の身の仕組み。

玉座に座りて下僕と言葉を交わす。あの教師を見過ごすわけにはいかぬ。手を打たねば我らの妨げになるのは必至。

「消しまするか」

跪《ひざまず》いた下僕が申すのを我は一笑に付す。下僕は知恵が回らぬ。歳若いゆえ蒙昧なる人の世の理《ことわり》も、我らが闇の一族の作法も知らずにいる。

――馬鹿奴《め》が。

下僕は身震いして額を床に擦《こす》り付ける。蝦蟇《がま》の如き姿のまま蝦蟇の如き声で詫びの言葉を繰り返す。

啜《すす》り泣きにも似た耳障《みみざわ》りな声。我が真の魂は真の意識でこう思考す。

そろそろ此の下僕も用済みか。

闇に魅せられ人の世に背き、我に傅くことに無上の喜びを覚えし身なれど、つまるところ人は人。此の城に棲まわせしは餌を狩るため。そして人の世に潜み、仮初めの身体を生かすため。所詮は方便に過ぎぬ。道具に過ぎぬ。

来たるべき我が世には相容《あいい》れぬ。

我が餌にするか。否。美味であろうはずもない。下僕に吸い寄せられし男は嘗《かつ》ても今も数多《あまた》いる。下僕の白い肢体に頬ずりし、愛しげに撫で回し舐め回す彼奴らの恍惚の貌《かお》も、幾たびも目にしている。下僕と情を交わし、歓喜の喘《あえ》ぎとともに精を放つ姿も。

だが未だに信じられぬ。我が目に映る下僕は醜い。仮初めの意識を以てしても美しいとは思えぬ。闇の衣に身を包ませ、闇の理に沿わせても、人は決して闇に染まらぬもの。

暫《しば》し思索を巡らせて、我が真の意識はこう結論せり。

囮《おとり》だ。あの教師の目を逸《そ》らす偽りの餌。罠《わな》と呼んでも差し支《つか》えあるまい。下僕の使い道は其れが最も都合よい。

ことが済めば消せばよい。下僕も、あの教師も。

仮初めの頬がひとりでに蠢《うごめ》き笑みを象《かたど》る。

三

「ああ、魔女のこと」

長倉《ながくら》は禿《は》げ上がった頭を擦り、ニカッと笑った。年齢は吉富と三つしか違わないのに、頭髪は耳の横にわずかに残るのみだった。

放課後の職員室。夏休みを翌々日に控え慌しい中、吉富は隣の席の長倉に、飯降瑠綺亜について訊いていた。

「やっぱり有名なんですか。名物っていうか」

「そりゃあね。あの格好であの言動だもの。面談どうだった？」

かいつまんで説明すると、長倉は「いいねえ、ますます仕上がってるねえ」と嬉しそうに腕を組んだ。

「昔からずっと、あの調子なんですか」

「もちろん」長倉はうなずくと、「入学式から目立ってたよ。ゴスロリ親子がいるって。担任は誰だったかなあ、確か若い娘《こ》だったから、色々頑張ったみたいだけど」

そこで両方の掌を上に向け、肩を竦める。徒労に終わったということか。

「基本は放置ですか、今まで」

吉富は率直に訊いた。訊くまでもないことではあったが、確かめずにはいられなかった。

長倉は「おいおい」と口を尖らせて、

「放置も何も、問題起こしたわけじゃないから。給食費は納めてるし、学校にも普通に通わせてる。沙汰菜ちゃんだって、他の生徒と揉《も》めたりはしてないし」

ただ目立つだけで悪いわけじゃない——と、諭すように言う。

「逆はないんですか。いじめられたりとか」

「ないない」長倉は苦笑して、「あってもすぐ終わっちゃうんだよ。あの子そういうの全く気にしないから、いじめ甲斐がないんだ」と、ごく普通の調子で言った。

いじめる側の理屈に、あっけらかんと同調している。目の前でニヤニヤしている教師に軽い忌避感を覚えながら、吉富は適当な相槌を打って会話を切り上げた。

夏休み中のタスクをリストにまとめている最中、今度は長倉の方が話しかけてきた。仕事の手を止めるより先に、

「あの魔女、どうやって稼いでるか知ってる？」

「……いえ」

吉富は首を振った。面談の前に確認していたものの、書類の職業欄には「自営業」としか書かれていなかった。そう言うと、長倉はうんうんとうなずいて、

「春を売ってるらしいよ」

と、小声で言った。

「本当ですか」

思わず声が大きくなり、吉富は身体を屈《かが》めた。何人かの教師が自分を向いているのを感じる。長倉はニヤニヤしながら間を置くと、口に手を添えて、

「噂だけどね。少なくとも勤めている様子はない。かといって会社を経営していたり、いわゆるフリーランスの仕事をしている風でもない」

「いや、それは飛躍が過ぎますよ」

呆《あき》れ笑いを隠さずに返す。

「職業不詳だからってそんな」

「まあね。でも火のないところに何とやらって話もあるからさ」

長倉は身を乗り出して楽しそうに言う。吉富はうんざりしつつも、「火があるんですか」と訊いてしまう。同じく声を潜めていた。瑠綺亜があの格好で、夜の街角に佇《たたず》む姿を想像してもいた。黒服では逆に目立たないのではないか、などと余計なことも考えていた。

「もともとは水商売やってたらしい」長倉は歯を見せて、「その頃から色んな男を渡り歩いて、誰の子か分からない子を産んだ。それが沙汰菜ちゃんだって。それと――」

一呼吸置いて、

「ここ何年か、夜に歩いてたって話は聞いたことがあるよ。街中っていうか、ほら、駅か

らちょっと行った……」

長倉が説明したのは、駅からすぐの飲み屋街から、一本奥に入った辺りだった。以前かららそうした女性が立つことがある、曰《いわ》くつきのエリアだという。援助交際が取り沙汰された頃には、制服姿の少女が立っていることも多かったという。

「いるんだねえ、ああいうのを好んで買う野郎も」

うへへ、と声に出して長倉は笑った。吉富は愛想笑いで「失礼」と席を立ち、職員室を出た。視界の隅で長倉がまだ話したそうな素振りを見せていたが、これ以上、下世話な話に付き合うつもりはなかった。

職員用トイレで小用をしていると、ドアが開いて、長倉が小走りで近寄ってきた。嬉しそうな顔で、すぐ隣の小便器の前に立つ。

「さっきの話なんだけどさ」

案の定、彼は吉富に話しかけてきた。吉富は曖昧《あいまい》な表情だけを返す。

「もっと酷《ひど》い噂もあるよ。これ聞いた時は、さすがに自分も引いたんだけど」

勢いよくファスナーを下ろしながら、長倉は、

「沙汰菜ちゃんに稼がせてるって噂」

そう言うと、豪快な音を立てて小便を始めた。

「へえ……」

生返事したところで、吉富は息を呑んだ。思わず傍らを見ると、長倉は神妙な顔で彼を見返していた。小さくうなずく。

「でも、さすがにそれは」

「自分もそう思ったよ」長倉は眉間《みけん》に皺を寄せると、「でもさ、問題発言なのは分かってるけど――そっちの方が稼げるだろうってのは、確かにあるよね」

当然だ、という口ぶりで言った。

四

吉富は「曰くつき」の街角に立っていた。午後八時を回り、周囲は暗い。古びたスナックの看板がいくつか、狭い路地でぼんやりと光っていた。駅や飲み屋街の喧騒《けんそう》が、遠くからかすかに聞こえる。

飯降家に何度か電話したが、誰も出なかった。瑠綺亜と沙汰菜のことを考えながら学校を出て、気が付けばここに足を向けていた。

自分は何をしようとしているのだろう。吉富は今更ながら疑問に思った。噂を信じている時点でどうかしているが、仮に瑠綺亜に会ったとして、自分はどうするつもりなのか。沙汰菜に会うことは考えたくもなかった。長倉の言うとおりだ、と思ってしまった自分にも嫌気が差していた。

スーツ姿の中年男性が、ふらふらと吉富の前を通り過ぎていった。

何度かあてもなく通りを往復していると、物陰から不意に、

「マッサージいかがですか」

と声をかけられた。片言の、女性の声。野暮ったい化粧をした小柄な女性が、吉富の前に立ちはだかる。

「きもちいいマッサージありますよ」

そういう呼び込みもあるのか、と思いつつ、彼は首を振って女性の側を抜ける。「マッサージ……」と諦め切った声を背に聞いていると、暗い道に人影が立っているのが見えた。

夜の闇より暗い影。長いスカート。ヒラヒラした巨大な衿と袖《そで》。まん丸な白い顔が、影の中にくっきりと浮かび上がっている。

瑠綺亜だ。吉富は思わずその場に立ち竦んだ。噂は本当だったのか。いや待て。この辺りのスナックで働いていて、今から出勤するのかもしれない。

そう理性を働かせたところで、吉富は彼女が自分を凝視していることに気付いた。小さく丸い目が見開かれているのが、この距離でも分かった。

白い顔がスッと消える。振り返ったのだ、と思った瞬間、彼は小走りになっていた。暗闇の中の黒いシルエットめがけて、「飯降さん」と呼びかける。

今度は横顔が闇夜にぬっと浮かんだ。慌てて立ち止まると、顔は苛立《いらだ》ちも露《あら》わに、

「ここで名前を呼ぶな」

とドスの利いた声で言った。ほとんど何も考えずに、吉富は「何故ですか」と訊いた。

「名前がバレるとまずいんですか」

皮肉にならない程度に続ける。瑠綺亜が身体ごと自分に向き直るのが、顔の向きと闇の濃度で分かった。

彼女は鼻で息を吐いた。口をへの字に曲げている。吉富はあくまで冷静に、「どうしてこちらに？」とまた訊いた。

「お仕事ですか。お邪魔でなければ、少々お時間を――」

「時間などない」瑠綺亜はきっぱりと「人間どもに割く時間など、一刹那たりともな」と答えた。決して大きくはないが、朗々と読み上げるような抑揚の声が、吉富の耳にはっきりと届いた。

「急がねばならぬ。闇の一族の時代は間も無く……」

「飯降さん」

吉富は言った。今度ははっきりと、周囲に聞こえるほどの大きさで。予想通り、彼女は怒りの表情を浮かべた。

「何の用だ」

彼女は今更のように訊き返した。吉富は戸惑いながらも、瞬時に、

「娘さん——沙汰菜さんのことが気になったもので」

と答える。これは本音だった。煎《せん》じ詰めればそうなる。今この瞬間に何をどうしたいのか自分でも分からなかったが、彼女を案じているのは間違いなく事実だった。

「経済事情と言いますか、普段の生活についても、知りたいと思ったので」

「教師風情《ふぜい》が何を言うか」

瑠綺亜はハッと嘲りの音を漏らして、

「去れ。お前が知る必要はない」

「知られると困るようなことでも？」

吉富は踏み込んだ。

「馬鹿を申すな」

うんざりした口調で言うと、瑠綺亜は吉富をキッと正面から睨み付けて、

「お前如きに、あの——沙汰菜のことなど何一つ」

そこまで言った瞬間、彼女は言葉に詰まった。視線は吉富を逸れ、通りの向こうに真っ直ぐ向けられていた。反射的に振り向くと、ピンクと青、そして白の色彩がチラリと見えた。

小学生くらいの少女——いや、沙汰菜だった。すぐにそうと分からなかったのは、服装

が違っていたからだ。ピンクの小さなTシャツに、デニムのホットパンツ。真っ白な太股。素足に赤いサンダル。

黒く長い髪はツインテールにしてあった。

整った冷たい顔が一瞬だけ歪んだ。恐怖か、驚きか。そう思った次の瞬間、彼女は視界から消えていた。

背後でカツンと音がして、吉富は向き直る。長く黒いスカートが角を曲がって消えた。

通りを何度も見返して、吉富の呼吸は自然に荒くなっていた。

瑠綺亜だけでなく、沙汰菜までもがここにいたという事実。そしてあの格好。少女らしさを演出、いや誇張するかのような、幼く、鮮やかで、シンプルな服装。

吉富は何度も通りを行き来した。息が切れ、汗で全身がぐっしょり濡れていたが、暑さは少しも感じなかった。むしろ寒いとすら思えた。身体も頭もどうかというくらい冷えていた。

沙汰菜も瑠綺亜も見つけることはできなかった。

IV

下僕を置いて一先《ひとま》ず城へと戻る。幽かに聞こえし蟲たちの足音に耳を澄ませながら下僕

の帰還を待つ間、我はあの教師について思う。

先の仕掛けであの男の心は更に掻き乱された筈。首尾よく行かば彼奴は必ずこの城に踏み入るであろう。さすれば後は容易《たやす》い。

下僕は何も知らぬまま、ことを進める。己が闇に導かれし存在だと信じ込んだまま、無邪気に、愚かに。

下僕は下僕。闇に生きるのは我だけとは露知らず。手駒にされたとは想像だにせず。

足音がする。下僕の足音。そしてその後ろから餌の足音。漸《ようや》く連れてきたか。我が真の肉体が仮初めの肉体の奥で蠢く。

間も無くだ。間も無く全てが始まり、全てが終わる。

扉が開く。

「なんだよ、汚ねえ家——」

餌が言い終わらぬ内に我はその身体を押し倒し喉笛に喰らいつく。

五

終業式が終わり、通知簿を全員に手渡し、手短に連絡を済ませ挨拶すると、吉富は即座に教卓から離れ、沙汰菜の元へ走り寄った。

「飯降、ちょっと残ってくれるか」

他の生徒たちが注目するのも気にせず、吉富は中腰で沙汰菜を見つめた。彼女は目を見開いて、わずかにたじろぐ。いつもより感情的に見えるのは、昨日あの場で会ったせいか。浮世離れしているとはいえ、やはり子供だ。

吉富は生徒たちを追い出すと、全ての窓を閉めてからエアコンを稼働させた。冷風を受けて沙汰菜の黒髪がわずかに揺れる。今日はレースのカチューシャだった。

「昨日のあれ、飯降だよな？」

エアコンの前で立ったまま、吉富はそう訊いた。沙汰菜はしばらく黙ってから、かすかにうなずいた。

「あそこにはよく行くのか？」

吉富は慎重に質問を続ける。沙汰菜はまた小さくうなずく。視線を隣の机に落としている。

「お母さんに言われて？」

うなずく。

「あの格好も？」

またうなずく。

「それは——お金を貰《もら》うためか」

沙汰菜の端整な顔が歪んだ。おそるおそるうなずくのを見て、吉富は強烈な目眩《めまい》を覚えた。思わず言葉が口を衝《つ》いて出る。

「今までずっと？」

「……はい」

消え入りそうな声で沙汰菜が答えた。

噂は本当だったのだ。吉富は知らない間に拳を握り締めていた。教師は誰も確かめなかったのか。それとも知っていて野放しにしていたのか。長倉のニヤついた顔が脳裏をよぎる。もっとも考えたくないことが頭に浮かぶのを振り払って、彼は、

「嫌じゃないのか、それは」

と訊いた。

沙汰菜は顔を伏せて立ち竦んでいた。黒いタイツの両足が震えているのが見えた。ややあって、彼女は顔を上げると、

「……少し」

と答えた。大きな目が潤《うる》んでいた。すがるような視線が吉富を射貫く。

こうして率直に訊けばすぐ答えることを、今までの教師は訊かなかったのか。面倒ごとを恐れたのか。それとも他に理由があるのか。

「ひょっとして」吉富はふらつく足に力を込めて、「先生たち、とも……？」

沙汰菜は何も答えなかった。

気が付くと吉富は彼女に駆け寄って、その肩を摑んでいた。力を込めないように注意しながら、

「……少しどころじゃないだろ。本当は嫌で嫌で、今すぐ止《や》めたいんじゃないのか」

そう問いかける。沙汰菜は黙って唇を嚙む。

「服だって暑いだろ。すごく」

沙汰菜は答えない。かすかにスンと洟《はな》を啜る音がする。

「誰も助けてくれなかったのか」

訊いてもどうにもならないことが、口から漏れていた。

「……はい」

沙汰菜がわずかに顔を上げた。

片方の目から涙が溢《あふ》れ、ゆっくりと頰を流れる。震える唇で、

「……みんなお金を、たくさん」

それだけ囁くと、両手で顔を覆った。ジリジリと焼け焦げるような痛みが、吉富の胸に走った。抱き締めそうになって寸前で思い止まる。

声もなく泣きながら佇む彼女の前に跪き、散々迷った末に、彼は、

「今の気持ちを教えてくれ。飯降が本当に思っていることを」

単刀直入に言いたいことを口にした。

エアコンの音が教室内に響く。はるか遠くから蟬の声がする。吉富が膝の痛みを覚えた頃、沙汰菜は顔から手を離した。真っ赤になった目で吉富を見すえると、彼女は、

「……助けて」

か細い声で言った。

六

朽ちかけた木造アパートの前で、吉富は額の汗を拭《ぬぐ》った。ほとんど真上から降り注ぐ日差しが、死骸のような建物をくっきりと、非現実的なまでに照らしている。

真昼だというのに気配がまるでない。来る途中、沙汰菜が断片的に口にした言葉を総合すると、アパートには飯降家以外、誰も住んでいないらしい。

その沙汰菜は切実な表情で、吉富の傍《かたわ》らに立っていた。目が合うと、彼女は二階の一番奥の扉を指差した。

錆《さび》だらけの階段は、足を載せただけで酷く軋んだ。並んで上ると、今にも丸ごと崩落しそうなほど揺れ、吉富は気が付けば沙汰菜の手をしっかりと握っていた。彼女もまた吉富の手を握り締めていた。

沙汰菜が鍵を開け、不安げな視線を寄越す。吉富はうなずいてドアノブを掴んだ。立て付けの悪い扉を力任せに引くと、バコンという音とともに、一気に扉が開いた。途端にもうもうと埃《ほこり》が押し寄せる。吉富は口を手で覆い、目を細めながら、暗い室内に飛び込んだ。

目が慣れるのにしばらくかかった。暗闇に浮かび上がったのは、凄絶としか言いようのないほど汚れ、埃にまみれた、狭い部屋だった。

流しには惣菜のパックと、発泡スチロールのカップが山と積まれていた。わんわんと蠅《はえ》の羽音が反響している。フローリング調のタイルの床にも埃が積もっており、大小の足跡と、何かを引きずったような跡がくっきりと残っていた。くしゃくしゃになったタオルケットは色あせ、プリントされたキャラクターの絵柄は輪郭《りんかく》だけが残っていた。

小さなちゃぶ台が部屋の隅に置かれていた。その上には溶けて固まった大小の蠟燭《ろうそく》が並んでいた。台所の窓には黒いカーテン。

奥の部屋を仕切る扉は開け放たれており、その奥の部屋は真っ暗――いや、真っ黒だった。壁も窓も、簞笥《たんす》も、床さえも黒い布で覆われている。

がさ、と布の擦《す》れる音がした。隙間からわずかに差す光が、奥の部屋にいる影をぼんやりと照らす。

瑠綺亜だった。黒服に身を包み、丸い目を更に丸く剝《む》いて、彼女は仁王立ちになっていた。

「無礼者」

彼女は吉富を指差すと、

「人間如きが許可なくこの城に踏み入る愚行、万死に値すると知るがよい」

低い声で朗々と言った。嘲りの笑みが丸い顔に浮かぶ。

思わずたじろいだところで、沙汰菜が彼の手を強く握る。彼女は張り詰めた表情で吉富を見上げていた。悲しみに満ちた目が、視線が、吉富の心を現実に引き戻す。

瑠綺亜が腕を勢いよく振って、

「去れ。二度とこの城に立ち入る――」

「城？」

吉富はそう被《かぶ》せた。土足のまま上がり框《がまち》をまたぐと、

「あなたには城に見えるんですか、このボロくて汚いアパートが」

一気にそう訊く。瑠綺亜の顔が瞬時に醜く歪んだ。構わず踏み出すと、

「部屋を散らかし放題にするのが崇高ですか」

重ねて訊く。瑠綺亜が「貴様……」と唸《うな》る。怒りの感情が吉富の腹の底から込み上げた。

「子供にまともな社会生活を送らせないのが高尚ですか。退屈な戯れは必要ないとか言って、やってることは子供を着せ替え人形にすることですか。クソ暑いのもお構いなしに」

「子供に売春させるのが闇の一族とやらの流儀ですか！」

ほとんど無意識に、吉富はそう叫んでいた。

「ふざけ――」

「黙れ！」

瑠綺亜もまた叫んだ。唾が飛んで、埃の中で一瞬輝く。

滑稽《こっけい》だ。吉富ははっきりとそう思った。彼女の堂々とした振る舞いと、常軌を逸《いっ》した発言に気圧《けお》されていた自分が愚かしく思えた。目の前の女はただ滑稽なだけだ。独りよがりな妄想に支配された、お花畑の住人に過ぎない。

吉富はずかずかと部屋を突っ切り、瑠綺亜の前に立った。

彼女は憤怒《ふんぬ》の形相《ぎょうそう》で吉富を見すえる。

「百歩譲って、あなたが闇の一族だとしても――」そう静かに言うと、彼はすぐ側にあったビロードのカーテンを摑み、一気に引いた。

真っ白な光が部屋を貫いた。瑠綺亜が「ぎゃっ」と顔を押さえる。吉富は続けざまに、窓という窓のカーテンを開け放った。布の裂ける音、レールが軋る音が反響し、埃が波のように部屋を舞う。

「止めぬか！」

跳びかかる瑠綺亜の腕を摑む。少し力を込めただけで、彼女は「うぐう」と弱々しく呻《うめ》

いて、あっけなく床に転がった。吉富は彼女に覆いかぶさると、両手を摑んで、

「――とりあえず掃除はしてください」

そう囁いた。仰向けになった瑠綺亜が何か言おうとするより先に、

「何だったら手伝いますよ。こんな有様じゃ男手が要るでしょう」

と言う。もがいていた彼女が、不意に力を抜いた。

「……おと、こ？」

甘えた声が彼女の口から漏れた。

今までとは明らかに違う、甲高い、少女のような声だった。

「男手です」やんわりと訂正すると、吉富は「力仕事をします、と言ってるんです」と補足した。

瑠綺亜の表情は弛緩《しかん》し、目は潤んでいた。切なげな視線が吉富を真下から見上げている。

彼女がこうなった理由が何となく想像できて、彼はわずかに憐れみの念を抱いた。月並みだ。しかし、だからこそ理解できなくもない。

手を放して立ち上がると、彼女は静かに身体を起こした。「掃除機はどこですか」と訊くと、彼女はしばらく考えてから、

「あの、奥に」

と、押入れを指差した。

玄関で沙汰菜が両手を口に添えて、自分たちを見守っていた。

七

学校での業務と並行して、吉富は飯降家に通い、瑠綺亜とともに部屋を片付けた。ゴミを捨て埃を拭き、どうにかまともな状態にするのに四日かかった。

瑠綺亜は想像以上に素直だった。いつの間にか話し方も普通になっていたし、服装もごく普通の、年相応のものになっていた。

随分とあっけない。吉富はそう思った。しかし同時にこうも考えていた。今まで誰一人として、彼女に正面から向き合わなかったのだ、と。沙汰菜だけでなく瑠綺亜もまた、誰からも助けてもらえなかったのだ、と。たったそれだけのことで、人はこうも歪んで孤立してしまうのだ。我が子をも巻き添えにするほどに。

綺麗になった部屋の真ん中で、瑠綺亜は申し訳なさそうに頭を下げた。吉富は彼女の手を握ると、

「まだこれからです。娘さんも」

優しく、それでいて強い口調で言った。彼女はかすかにうなずいた。

その隣で、青いワンピースの沙汰菜が戸惑った顔で、彼を見上げていた。黒い服を着て

いた頃より幼く、小学校四年生らしく見えた。夜の通りで目にした時の、危険な雰囲気は微塵《みじん》もない。これが彼女の本当の姿なのだ。

食事の誘いを固辞して家に帰ると、吉富はそのまま翌日の昼過ぎまで眠った。夏休みに入って初めての休日だった。

とりあえず最初の一歩は踏み出したことになる。このまま瑠綺亜がまともな生活を送れば、沙汰菜の環境は改善される。母親の洗脳や呪縛からは解き放たれる。

しかし問題は山積みだ。何より深刻なのは、沙汰菜の心身の傷だ。深刻なトラウマを負っていることも充分に考えられる。教師たちに相談して、専門家の手を借りるのが最善だろう。

自分の家の掃除をしながら、吉富はそんなことを考えていた。点けっ放しのテレビからはワイドショーが流れている。話題は隣町の通り魔事件だった。ここ何日かで頻発しているらしい。犯人は逃走中。犠牲者はみな大怪我をし、意識不明の重体だという。病院の前で深刻な顔をした女性レポーターが、乏しい情報を何度も繰り返していた。

物騒なことだ。タイミングが悪ければ、自分や沙汰菜が被害に遭ったかもしれない。

学校から電話があったのは、夕食を何にしようか考えていた、午後六時を回った頃だった。電話の相手は長倉だった。卓球部の顧問で、今日も部活動に顔を出していたらしい。

挨拶をすると、彼は不思議そうな様子で、

「沙汰菜ちゃんが来てるよ」

と言った。

「さた——飯降が？」

思わず訊くと、彼は「そうなんだよねえ」と困った調子で、「吉富さんに会いたいってさ、どうしても今日なんだって。理由は教えてくれない」

吉富は首を捻った。何かあったのだろうか。不安が胸に広がるのを感じながら、彼は急いで学校に向かった。

職員室で長倉に「とりあえず教室で待たせてる」と言われ、慌てて階段を駆け上がる。

四年二組の扉を開けると、沙汰菜が自分の席に座っていた。

夕暮れのオレンジ色の光の中で、黒一色の服が影のように見えた。

彼女は氷のような目で、じっと吉富を見すえていた。

黒に戻っている。やはり母親の呪縛は相当に深刻なのか。吉富は愕然《がくぜん》としながらも、顔に出ないように笑みを作った。

「どうした？」

そう言って歩み寄る。沙汰菜は何も答えなかった。これで元の木阿弥《もくあみ》なのか。悔しさが込み上げるのを感じながら、彼は、

「先生に用があるんだって？」

と訊いた。

沙汰菜は無言で吉富の顔を見つめていた。

瞳はひたすら暗い。美貌は何の感情も表していない。

「お母さんのことか？」

吉富は根気よく質問を重ねた。沙汰菜は小さくうなずく。

「また何か、酷いことを？」

沙汰菜は首を振り、膝に置かれた手を持ち上げた。ゆっくりと、机の上の黒いランドセルを開ける。手を突っ込むと、中から大きな黒い塊を引っ張り出す。それが何であるかに気付いた瞬間、吉富は呆れるほど大きな声で「わあっ」と叫んでいた。

沙汰菜が手にしているのは、瑠綺亜の頭部だった。

ぼさぼさの髪は千切れ、あちこちが固まっている。目は白く裏返り、口からは紫色の長い舌が飛び出ていた。赤黒い断面からホースのようなものが、幾本もぶら下がっていた。

生臭い血の臭いが教室に立ち込めた。

机に手を突いて、吉富は転びそうになるのを堪《こら》えた。瑠綺亜の生首をなるべく見ないようにして、口元を押さえながら、沙汰菜の様子をうかがう。

彼女の顔は何の感情も表していなかった。以前と全く同じ無表情。

形のいい唇が動いた。

「此《こ》の女は用済みだ」

子供の声だった。しかし沙汰菜の、これまでの声とは違う。異様に威厳があり、決して大声でもないのに身体が振動するほどだった。

「どうして」吉富はつとめて冷静に、「お、お母さんにそんな」

「オカアサン？」

沙汰菜は立ち上がった。母親の首を無造作に投げ捨てる。首は近くの机にぶつかって大きな音を立て、床にどすんと落ちた。

侮蔑《ぶべつ》のこもった目が吉富を射貫く。

「其《そ》れは人間の決めごとだ。下僕は所詮下僕。使えなくなれば始末するのが定石というもの――」

転がった頭を一瞥《いちべつ》すると、

「――父なる混沌《こんとん》と交わり、我をこの世界に産み落としたことは褒めてやるがな」

と言った。

吉富は完全に混乱していた。沙汰菜の言葉が今になって頭に届く。

「し、しもべ……？」

「そうとも」沙汰菜は顎を突き出すと、「十年という刹那を我への奉仕に捧げた下僕だ」

そう言うとつかつかと生首に歩み寄り、

「最後はいい囮になった」

躊躇いなく踏みつける。袋が破れるような音がして、肉片と血と、灰色の脳漿《のうしょう》が周囲に飛び散った。吉富のズボンにも飛沫《しぶき》がかかる。

気を失いそうになるのを踏み止まって、彼は沙汰菜に近付いた。足が机にぶつかり、またガランと大きな音がする。

まるで解けていない。未だ瑠綺亜の支配下にある。部屋を片付けたくらいではどうにもならないほど、沙汰菜は病んでいる。

血の臭いに吐き気を覚えながら、吉富は、

「と、とにかく、動かないで」

ポケットから携帯電話を取り出し、勝手に浮かぶ引き攣《つ》り笑いを抑えながら、

「警察を呼ぶから。いいね？」

そう言うと、沙汰菜は彼を見上げた。無表情な白い顔に、徐々に笑みが浮かぶ。笑みは顔全体に広がり、口からは「ふふふ」と笑い声が漏れる。

「もうそんな時間はない」

大きな目の中央で、瞳が怪しく輝く。

「貴様が下僕と戯れている最中、我は自ら下界へ降りて餌を食《は》んだ」

長い黒髪が逆立ち、浮かび上がる。耳に聞こえない音が、振動を伴って教室に響いてい

る。携帯の液晶が何度か瞬いて、真っ暗になった。

吉富はたじろいだ。何かが――いや、何もかもがおかしい。沙汰菜の様子も、自分の周りの状況も、普通ではない。

沙汰菜の長いスカートがふわりとまくれ上がった。右足に絡み付いていたものがほどけて持ち上がる。沙汰菜の頭を越え、教室の天井にまで伸び上がる。ぬらぬらと濡れ光り、血管のようなものが幾筋も浮かび上がったそれは――

尾、だった。

先端にはいびつで巨大な、爪とも角ともつかぬ突起が屹立《きつりつ》している。

ブチブチ、と布の裂ける音がした。沙汰菜の服が膨《ふく》れ上がり、破れ、裂け目から針金のような毛がズルリと這い出る。

吉富の腰が遂に抜けた。机に掴まることもできず、床に尻餅をつく。

「我が真の肉体が、充分に育つほどにな」

沙汰菜の口から出たのは、無数の反響を伴った、低く、轟《とどろ》くような声だった。

「あ、あ」

吉富は叫んだつもりだった。喉から漏れ出たのは、か細く、かすれた音だけだった。

沙汰菜の背後が真っ黒に染まった。黒い皮膜が教室いっぱいに広がり、大きく羽ばたく。

机と椅子が吹き飛ばされ打ち鳴らされる。

「人間よ。今際《いまわ》の際《きわ》にしかと覚えておくがいい」

気が付けば吉富は沙汰菜を――沙汰菜だったものを見上げていた。曲がった太い脚。ひどくくびれた腰。膨らんだ胸には剛毛が張り付いている。真っ黒な肌。巨大な翼。ところどころに光る赤い目。長い腕の先には朽ちた木のような爪が生えている。

長い首の上で、幼くも整った顔がベリベリと音を立てて切り裂かれた。その内側から現れたのは、粘液にまみれ、大小の瘤《こぶ》に覆われた、顔とも呼べない塊《かたまり》だった。

その中央、縦に割れた大きな亀裂から、煙とともに真っ赤な舌がべろりと垂れ下がる。捻《ね》じ曲がった二本の角が音を立てて伸びる。五つの赤い目が同時に見開かれる。

「我は闇の一族を統《す》べるもの。その名は――」

軋るような音と、液体を掻き混ぜられるような音が、吉富の鼓膜をつんざいた。耳を貫いて頭に激痛が走った、と知覚した瞬間、彼の心臓は動くことを止めた。

暗闇に落ちる寸前に見えたのは、教室の窓を割って赤い空に飛んで行く、かつて沙汰菜だった何かの後姿だった。

V

血の如き赤い天が次第に暗黒へと染まる。

街の灯をはるか下に、我は翼を思うままに操り、大気を切り裂き飛翔す。

肺腑に満ちるのは遂に覚醒し顕現せし歓喜。全身にみなぎるは蓄えられし闇の力。試みに天を目指せば月にまで到達し、再び下界に降り立つのも刹那で事足れり。

人間どもの驚愕、恐怖の貌。阿鼻叫喚《あびきょうかん》を上げる間もなく我は次々にその首を刎《は》ね手足を引き千切り、穢《けが》れし大地に薄汚れた血を撒き散らす。

再び空へと舞い上がれば、彼方《かなた》の街から火の手が上がる様が目に映る。別の街からも。また他所からも。轟音とともに爆発四散し、人間どもを、人間の造りし街を焼き焦がす。

我が一族の仕業だ。我が軍の開戦の狼煙《のろし》だ。

間に合ったのだ。者どもが覚醒し、この地に降り立つ刹那に。

我が真の肺腑に新たな歓喜が満ちる。

一族全て目覚める中、王たる我が不在では示しがつかぬ。首尾よくこの地に生まれ落ち、着々と真の肉体を育てし従者どもに先を越されれば、王の名に恥じること甚《はなは》だしい。

父たる混沌の選びしが愚かな女であったことが救いなり。あの女を操り、闇の流儀を教え、下僕として飼い慣らさねば、今宵の覚醒は危うかったかもしれぬ。

我は弓の如く反り返り、大きく咆哮す。

大気が震え、風が吹き荒《すさ》び、地響きを伴い嵐を呼ぶ。

遅れて四方から次々に絶叫が轟く。

我が一族の鬨《とき》の声なり。我が軍が我が覚醒を称える旋律《せんりつ》なり。

けたたましい騒音が下界から響く。人間どもが集まり、我が姿を機械に焼き付けんと策を弄する様を、我は緩々《ゆるゆる》と観賞す。引き攣り、怯え、それでも我が姿から目を離せずにいる、愚かで可愛い人間どもの有様を。

此の姿が其れ程畏ろしいか。我が仕業が斯様《かよう》に禍々《まがまが》しいか。

神よ。人間が神と呼びし愚昧なる存在よ。

貴様らの造りし人間の世は今宵を以て終焉を迎え、新たに我が花園となる。

哄笑《こうしょう》とともに我が真の肉体は更に大きく膨れ上がる。稲妻が我が鬣《たてがみ》の間を流れ、我が汗から生まれし蛇が、毒蟲が、烏《からす》が、逃げんとする人間どもを襲う。その皮膚を裂き臓腑を啄《ついば》み、刹那に肉を腐らせる。

心地よい悲鳴をはるか下に聞きながら、我は再び大きく我が身を反らす。

呼ぶのだ。

我は雄叫《おたけ》びとともに我が思念を彼方へと撒く。

集《つど》え。今一度集え。

我が軍よ。我が一族よ。

我とともに此の地を漆黒に染めんとする――

闇を愛する者どもよ。

ありふれた映像

一

　お疲れ様です、と厨房《ちゅうぼう》に声をかける。御堂《みどう》さんが手を止めて「あー、お疲れさま」と朗《ほが》らかな声で返す。

　レジにいた店長の青木《あおき》さんにも声をかけ、学生バイトの莉子《りこ》ちゃんが注文を取っている姿を横目で確かめてから、わたしは「そば処《どころ》ほり尾《お》　伊勢丹伊南町《いせたんいなまち》店」を出た。エスカレーターで八階から二階に下りる。

　午後五時半。伊南町駅と周辺の商業ビルを繋《つな》ぐ高架通路を、大勢の人が歩いていた。会社帰りらしきスーツ姿の人々、学生らしき青年たちの集団、外国人観光客。

　すれ違った若い男性が「腹減ったあ」と呟《つぶや》き、並んで歩いていた女性が「わたしもー」と笑うのが聞こえた。

　パート先の「そば処ほり尾」も混むのはこれからだ。莉子ちゃんは大丈夫かなと思いながら、わたしは人々の間をくぐり抜ける。一際《ひときわ》目立つ家電量販店「ＰＡＯＸ《パオックス》」の大型ビジョンに知らない女の子の顔がアップで映《うつ》し出され、「伊南町だーいすき！」とこちらに両手を広げた。画面下には「広告募集」の文字。そして企業名と連絡先。安っぽいシンセサイザーのBGMが微《かす》かに耳に届いた。

見慣れた景色、聞き慣れた音。駅北口から構内に入って広い通路を歩く。左右に並んだ何本もの円柱、その間を抜けて南口から地上に下り、駐輪場で愛用の自転車を引っ張り出す。これもすっかり慣れた動作でもう面倒だとも思わない。頭にあるのは四歳になる息子の亮《りょう》太《た》のこと。そして亮太を預けている、隣に住むママ友・菱川《ひしかわ》さんのことだけだった。毎日のように面倒をみてくれて本当に有難い。そして申し訳ない。

自転車を漕《こ》いで十分。肉も魚も切らしていることを思い出して、家からほど近いところにある小さなスーパー「くらしマート」で停める。安さや品揃えなら家の向こうにある「ヨントク」の方がいいけれど、ここで買いたい理由があった。

自動ドアを抜けて買い物カゴを手にし、余計な買い物はするまいと野菜コーナーを歩いていると、

「あらツダマリちゃん」

穏やかな声で呼ばれた。振り返ると菱川さんが立っていた。津田《つだ》真理《まり》。わたしの名前だ。今のマンションに越して知り合ってすぐ、彼女はわたしをフルネームで呼ぶようになった。語呂がいいせいだろう。嫌だとは思わない。むしろ気に入っている。旧姓の「神楽坂《かぐらざか》」より柔らかいし、「マリちゃん」は普通すぎる。

彼女はカートを押していた。上には野菜の詰まった買い物カゴが載っていて、両側には

それぞれ子供がぶら下がっている。

右側は彼女の息子の慎二《しんじ》くん、左側は亮太だった。

「こんばんは」

わたしは笑顔で応えた。慎二くんが「こんばんは」とおどけた口調で返し、亮太がそれに続く。

「ごめんね、冷蔵庫すっからかんだったから。一本メールしとけばよかった」

菱川さんがばつの悪そうな顔で言う。

「全然。いつもありがとう」

「いいのいいの、困った時はお互い――」

「おかし」

亮太が口を挟んだ。

「ガムがいい、ガム」

「駄目」

わたしはきっぱりと却下した。亮太が一瞬で表情を曇らせる。まるで世界が滅びたかのような悲しげな顔。みるみる目が潤《うる》む。

遠くから「♪マグロ　カンパチ　スルメイカ」と女性の歌声が聞こえていた。

「……ガムじゃなきゃいいよ。あとオマケがついてないやつ」

わたしはあっさりと白旗を掲げた。亮太はパッと笑顔になって、「かってくる」とカートから下りて駆け出した。

「歩いて」

声をかけるとすぐさまカクカクとわざとらしく行進する。慎二くんがその後を同じ動きで追い、練り物コーナーの角を曲がって消えた。

いつもこうだ。駄々を捏《こ》ねられる前に許してしまう。親がこんなだから亮太は甘えん坊のままで、同い年の慎二くんより幼いのだ。思わず「はあ」と溜息を漏らすと、

「まあまあ、そんなに深刻にならなくていいって」

菱川さんがにこにこしながら言った。

彼女と店内を巡ってセールの品を中心に買う。時折お菓子コーナーを覗《のぞ》き込んで、亮太たちの様子を確認する。二人はお菓子を手に顔を寄せ合い、ひそひそと話し合っていた。何をそんなに相談することがあるのか、と不思議に思って、すぐに愛《いと》おしさが込み上げる。どうということもない日常が大切に思える瞬間だ。見慣れた景色がかけがえのないものだと気付き、これがずっと続けばいいと神様仏様に祈ってしまう瞬間。これでパートの時給が千円くらい上がって、野菜も肉も魚も調味料もそれ以外も安くなれば完璧だけれど。

半額のバターロール六コ入りを買ったところで「これでよし」という気になった。お菓子コーナーに目をやると、二人は忽然《こつぜん》と消え失せていた。

「あれ」

菱川さんが後ろから「雑誌のとこかな。うち『てれびＢＯＹ』買ってるから」と声をかける。かもしれない、と雑誌コーナーに行ってみても姿は見当たらない。迷惑にならない程度に名前を呼んでみたけれど、亮太も慎二くんも現れなかった。

わたしは窓の向こうに目を凝《こ》らした。外はすっかり暗くなっている。さっきまでの幸福感は見事に消え失せ、不安が黒雲のように膨《ふく》らみ出す。

「まあまあ」

なだめる菱川さんの声もどこか暗い。「ひととおり回ってみようよ」とカートを押す。わたしは彼女の後に続いた。

店はいつの間にか混雑していた。人と人の間に目を凝らして亮太を呼ぶ。パートらしき初老の女性がウインナーの試食を勧める一角にも、見切りのお菓子が並んだバスケットの前にも二人の姿はなかった。

やはり外に出たのか。やってしまった。慎二くんがいれば大丈夫だと安心していた自分を殴りたくなる。亮太を引っ張ってくれているとはいえ、まだたったの四歳なのだ。今までこんなことは一度もなかった。それだけで油断しきっていた。

外の通りでクラクションが鳴った気がした。

買い物カゴをその場で投げ出したくなるのを抑えて、もう一度呼ぼうとしたその時、

「いた！」

菱川さんが振り返った。何度も前を指差す。人込みの向こうに見覚えのある子供服の背中と襟足《えりあし》が一瞬だけ見えた。亮太だ。隣の黒い服は慎二くんだ。

「よかったあ」と菱川さんが安堵《あんど》の声を上げ、勢いよくカートを押した。

鮮魚コーナーの陳列棚《ちんれつだな》。その端《はし》に二人が並んで突っ立っていた。

声をかけても振り向かない。

「亮太」

肩を叩くと彼はびくりと身を竦《すく》めた。振り向いた顔は緊張している。どうしたの、と訊《き》こうとすると、

「もう」

とまた前を向く。見上げている。

視線は陳列棚の上――小さな液晶TVに注《そそ》がれていた。画面の中では知らない中年女性が、歌いながら並木道を歩いている。

「♪あなたの町にも海の幸　美味しい魚をお手軽に」

女性は「くらしマート」の、明らかにここではない大型の店舗に入る。「いらっしゃいませ」と店員たちが次々にお辞儀《じぎ》し、彼女は小躍《こおど》りしながら店内を歩く。

「♪獲《と》れたてばかりの魚介類　マグロ　カンパチ　スルメイカ」

鮮魚コーナーで切り身の魚介を順に指差す女性。

さっき聞こえたのはこの曲か。合点《がてん》が行ったものの、なぜ亮太たちはこんな映像を真剣に見ているのかは分からないままだ。特に興味深い映像だとは思えない。歌も月並みなキャッチコピーを並べているだけで、「おさかな天国」に比べると退屈に感じる。

「これが面白いの？　慎二」

菱川さんが困り顔で訊いた。慎二くんはわずかにこちらを向いて、

「ちょっとまって。もうすぐ」

と視線を画面に戻す。

「何が？」

また菱川さんが問いかける。慎二くんは答えずじっと画面を見ている。何か言おうとして菱川さんは諦め、息子に倣《なら》ってテレビに目を向けた。

「♪くらしくらし　くらしマートの　お魚」

女性が船盛りを手に歌い上げた。店員たちがその周りで両手をひらひらさせる。映像の構図と歌の調子からして「終わり」ということだろうか。

不意に慎二くんが画面を指差した。

「みぎ、みぎ」

切羽《せっぱ》詰まった声で繰り返す。わたしは画面右に焦点を合わせた。並んだ店員たちが手だ

けを動かし、作り笑顔でこちらを見つめている。

「ええと、おく」

奥、ということか。つまり右奥。目を凝らしても陳列棚があるだけで何も映っていない。

「ほらっ」

慎二くんが一際大きな声を上げた。

途端《とたん》に陳列棚の上段に、灰色の何かがスッと横たわった。画面の外から滑ってきて映り込んだ。

何だろう。そんな風に見えた。訝《いぶか》っていると唐突《とうとつ》に、灰色の何かが像を結んだ。途端に心臓が激しく音を立て、息が詰まった。

痩《や》せ細って肋骨《ろっこつ》の浮いた胸、筋張《すじば》った首。こけた頬《ほお》。落ち窪《くぼ》んだ目は開いているのか閉じているのか分からない。開いた口は真っ暗だった。髪の毛は一本も生えていない。

死体だった。

おそらくは男性の死体が――そうとしか見えないものが、陳列棚に寝そべっていた。

「うわっ」

背後で声がしてわたしは思わず飛び上がった。振り返ると太った若い男性が口を押さえて「す、すいません」と青ざめた顔で詫《わ》びる。

テレビに向き直ると、画面には魚河岸が映し出されていた。巨大なマグロが何匹も並んでいる。画面下には「獲れたての魚を低価格で！」とテロップが表示されている。ＢＧＭはさっきの歌をアレンジしたインストだった。

「……見ました？」

わたしは男性に訊いた。男性は口を押さえたまま、

「ええ」

上ずった声で答える。太い指の間から、「しし、し」と息を漏らすような音が聞こえた。言葉にしようとして躊躇《ためら》っているらしい。

「へんなの」

亮太がおどけた調子で呟いた。こちらを見上げてへらへらと笑いかける。わたしは笑い返せなかった。菱川さんは強張《こわば》った顔で慎二くんの両肩に手を置いていた。

「あれなに？」

慎二くんが訊《たず》ねたが、彼女は答えずわたしを見つめて、

「……言った方がいいんじゃない？　お店の人と、あと」

そこで口をつぐむ。

わたしはうなずいた。伝えなければならない。とりあえず近くの店員さんに。そして夫──「くらしマート」の制作課に勤めている俊之《としゆき》に。

周りの人々が「なになに？」「テレビ？」と話すのが聞こえた。

菱川さんは思い詰めた表情で「えいっ」と手を伸ばし、テレビの電源をオフにした。

二

部屋着に着替えた俊之が、冷蔵庫から缶ビールを取り出した。

「例の販促ビデオのことだけど、最悪の事態は免《まぬが》れたよ」

口だけで笑う。目は暗く澱《よど》んでいた。

あの映像について店員に伝え、俊之に連絡してから一週間が経《た》っていた。その間ずっと彼は深夜帰宅で、今日みたいに日付が変わる前に帰ってくるのは久々だった。

襖《ふすま》の向こうで亮太がむにゃむにゃ言うのが聞こえる。俊之と並んでソファに腰を下ろすと、わたしは声を潜めて訊いた。

「ありがとう真理」

「最悪の事態って？」

「大勢に広まって騒ぎになること。先月各店舗に撒《ま》いたばかりで、近々ネットでも公開する予定だったんだ。その前に回収できてよかったよ。ほら、今年の頭くらいにあっただろ。不動産会社がアップした物件の内観映像に、撮影した社員の声が消されずに残ってたってやつ」

わたしはうなずく。その映像なら携帯で閲覧したことがあった。ガランとした日当たりのいい部屋。そこに被《かぶ》さる女性の声。電話で友達か誰かと話しているらしく、彼女は交際中の男性の下半身がいかにお粗末《そまつ》か、うんざりした口調で語っていた。

俊之はプルタブを慎重に開けて、

「でもおかしいんだよなあ。何回も確認したのに。僕は直接タッチしてなかったけど、最終チェックには立ち会ったよ。役員も同席するやつ」

「その時は気付かなかったの？」

「というより映ってなかった。僕の記憶ではそうだし、他のみんなもそうだった。現場に立ち会った後輩もそんなの撮らなかったって言ってたし」

ビールを一口啜《すす》ってから、

「証拠もある。担当してた後輩がさ、制作会社から受け取った映像ファイル全部捨てずに保管してたんだよ。とりあえず上がってきた第一弾から、うちの修正指示を反映した第二弾、更に修正させた第三弾。僕が見たやつだね。ズボラな後輩だけど今回はそれが役に立った。それら全部をもう一度みんなで確認してみたけど……やっぱり映ってなかった。それらしいものは全然。他のシーンにもね」

顔をしかめた。わたしは頭の中で状況を整理する。

「……ってことは、最終チェックが終わって納品されますって時に、映像が差し替えられてたってこと？　加工だか合成だかして」

「普通に考えたらね」

「納品された映像は誰もチェックしなかったの？　社内で」

「そこ突っ込まれると弱るな」

俊之は俯《うつむ》いた。しばらく黙ってから、

「言い訳になっちゃうけど、その段階で問題が出ることはまずないから。だからそのままファイルをＤＶＤに焼いて各店舗に送った。そういう流れ」

辛《つら》そうに言う。

怠慢《たいまん》といえば怠慢だ。内容的に問題がなくても、例えばファイルをコピーしたり送信したりすると映像にノイズが入ってしまうことがたまにある。破損して再生されなくなることもある。そこを確認しなかった俊之たちに落ち度がある、と言っていい。

でも心情的には分からなくもなかった。

納得しようとしたところで新たな疑問が浮かんだ。

「え、でもお店の人だって見るでしょ。誰かしらは」

俊之はまた黙った。ゆっくりと首を振る。

「……見てなかった、ってことになるな。少なくとも今回は、誰一人として。出演した店員たちさえもね」

　はあ、と大きな溜息を吐《つ》いて項垂《うなだ》れると、

「販促ビデオが現場でどんな扱いなのか、よく分かったよ。ごめんな愚痴《ぐち》言って」

　寂《さび》しそうに笑った。わたしは無意識に彼の肩に手を置いていた。

　よくある内容とはいえ、それなりに予算と手間をかけて作った映像。それがないがしろにされていると知った時の、彼の落胆を想像して胸が痛んだ。

　店員たちだけではない。客もまともに見ていなかったのだ。わたしを含めて。

　あの映像がいつから流れていたかなんて思い出せない。俊之はさっき「先月」と言っていたけれど、もっとずっと前から流れていた気さえする。「去年から」と言われても信じただろう。

　興味を覚えてじっくり見て、変な箇所があることに気付いたのは四歳の子供二人。

　俊之は愚痴を呟いていた。歌っていた女性は「CMソングの姫」と呼ばれるその筋では有名な歌手で、顔出しは基本NGだけれど今回は珍しく引き受けてくれたという。それがこんなことになって相当お冠《かんむり》らしい。

「彼女の大ファンだった次長も完全にキレちゃってさ。これ下手《へた》したら誰かの首が飛ぶかもなあ……」

「ねえ」

　わたしは声をかけた。一番肝心なことをまだ知らされていない。顔を上げた俊之に、

「制作会社の人がやったの？　犯人っていうか」

そう訊《たず》ねる。彼は「ああ」とビールをあおると、

「向こうの社員に聞き取りしたんだけど、ディレクターだった河島淳《かわしまじゅん》って人が怪しいんじゃないかって話になった」

「ディレクター『だった』？」

「辞《や》めちゃったんだよ。これ撮ってすぐ。円満退社だったらしいけど、それから連絡がつかないって。僕も電話してみたけど繋がらなかった」

俊之の頬は少しだけ赤くなっていた。見ていると余計な想像が膨らんでいく。音信不通のディレクター。その人の撮った映像に映る死体らしきもの。

「まさか……」

「馬鹿言うなよ」

彼は殊更《ことさら》に笑い声を上げて、

「あれは合成かCGか何かで、やったのは河島さん、そうでなくても制作会社の誰かに決まってる。辞めた人間におっ被せてるだけかも。その方が何十倍も有り得るだろ」

「何のために？」

「知るかって。軽いイタズラじゃない？」

またビールを飲む。口調は荒く、声は大きくなっていた。わたしは怯《ひる》みながらも、

「何より何十倍も有り得るの？」

言葉尻を捉《とら》えて訊いた。意地悪だと思ったけれど、彼も同じことを考えているのではと気になっていた。

俊之は答えなかった。

襖の向こうから「ママ」と亮太の呼ぶ声がした。悪い夢でも見たのか、それともわたしたちの会話で目が覚めたのか。わたしは立ち上がって襖をそっと開けた。

あれは何だったのだろう。誰がどういう理由であんなものを、あんな映像に。気がかりではあったけれど、日々を過ごすうちに思い出すことは減っていた。亮太が特にショックを受けていないせいもある。

それとなく探ってみたところ、幼い息子には「スーパーの陳列棚に普通並ばない、奇妙な何か」以上の意味はないらしい。

それで構わない。「あれは死体みたいだね」などとわざわざ教えるつもりは毛頭なかった。菱川さんだけが、たまに「ツダマリちゃん、あれどうなった？」「旦那さんから何か聞いた？」と嫌そうな顔で訊ね、わたしはその度に「調査中だって」と中途半端な嘘でやり過ごした。

数ヶ月経ったある平日。

三時半を回って客足が途絶《とだ》えた。バックヤードに戻るとスーツ姿の長身の男性が立っていた。本社の小日向《こびなた》さんだ、と遅れて思い出す。傍《かたわ》らでは青木さんが困り笑いを浮かべている。

「ほら、バッチリですよ」

わたしを見るなり小日向さんが言い、青木さんに目配《めくば》せする。

彼は頭巾《ずきん》の上から頭を掻《か》くと、

「でも津田さんは何と言うか……」

「どうしたんですか？」

わたしは訊いた。先に口を開いたのは小日向さんだった。

「全店舗にデジタルサイネージを置くことになりまして」

「え？」

「あれだよあれ」青木さんが奥の壁を指差して、「写真や映像が流れる立て看板。ほらあそこの店に置いてるでしょ、オムレツ専門の」

「ポムポム？」

「それ」

同じ階の反対側にある「ポムポム」の外観を思い浮かべる。確か入り口にそんな看板が設置されていたはずだ。デミグラスソース、トマトソース、明太子ソース――色々なソースのかかったオムレツの画像がスライド表示されている。

「いいじゃないですか」

わたしは正直な気持ちを言った。「最近ちょっと売り上げ落ちてますし、今だって暇ですもん。忙しすぎるのはあれですけど、お客さんが増える分には……」

途中から青木さんがぽかんと口を開けた。一方で小日向さんは嬉しそうに歯を見せる。

「……どうかしました？」

「いや、あのね――」

「実はですね、そのデジタルサイネージに流す映像、新規で撮影することがほぼ決まっておりまして」

小日向さんは鞄からクリアファイルを取り出す。中身は企画書らしい。

「例によって会長の鶴の一声です。これまた例によって予算はあまり下りません。『入りたくなる店』『居心地のいい店』なんて大雑把《おおざっぱ》なお題を投げただけ。だからスライドショーは論外。やれやれですね」

会長への批判をそこかしこに仄《ほの》めかすと、

「役者やタレントは起用できません。せいぜいお客さん役のエキストラ数名程度です。あとはスタッフに出演していただく。撮影は開店前の店舗で行う」

「いいと思いますよ、別に」

「では津田さんは出演ご快諾いただいた、ということで」

「え？　なに？」

レジの方から「ありがとうございましたー」と莉子ちゃんの声がした。

小日向さんの言っている意味が分かったのは、そこから更に数秒経ってからだった。つまりそのデジタル何とかで流す映像をここで撮る。そしてわたしが出演する。自分がそれを了承したかのような話の流れになっている。

「あ、すみません、それはちょっと」

「いやあ、助かるわ引き受けてくれて」

青木さんがホッとした顔で言った。「とりあえず一人確保、と」などと言いながらバックヤードを出て行く。

「ついさっき津田さんに是非、と青木さんにお願いしたところでして。本当にありがとうございます」

小日向さんは満面の笑みで言った。

「いや……ちょっと待ってください」

わたしはホールに出ると青木さんを捕まえた。お客さんがいないのを確認して、

「出るなんて言ってません。無理です」

「頼むよ、お願い」

彼はわざとらしく両手をパンと鳴らした。

「津田さん美人だしさ、映像映《ば》えするると思うんだよね、それこそ売り上げだって」

見え透いたお世辞を重ねる。断りの言葉を考えていると、

「ボーナス出すよ。五千円、ポケットマネーから。勿論《もちろん》みんなには内緒ね」

青木さんは声を潜めて言った。途端に「ならいいか」と思いそうになって慌てて振り払う。無理だ。「いらっしゃいませ」と笑顔で言って小芝居をして、それを撮られるなんて絶対にできない。

「やっぱりできま――」

「五千円？」

訊いたのは莉子ちゃんだった。ＰＯＳを手に眠そうな目で「ボーナス出るんですか？」と更に訊く。青木さんは一瞬顔をしかめたけれど、すぐに笑顔になって、

「莉子ちゃん、販促ビデオに出てくれない？」

と訊いた。早口で事情を説明する。

「だから五千円で、朝からここで」

「いいですよ」

あっさりと莉子ちゃんは言った。「早めに日程教えてもらえれば。友達に代返《だいへん》してもらうんで」と悪びれもせず付け足す。

「よっしゃ、二人確定」

青木さんは小躍りしながら窓際に向かうと、大袈裟《おおげさ》な動きでテーブルを拭き始めた。

莉子ちゃんに「いいの？」と訊くと、

「はい」

仏頂面《ぶっちょうづら》でうなずく。

「そういうの平気なの？　撮られるのとか」

「別に何も」

平然と答える。若い子はそんなものなのだろうか。幼い頃から携帯があって、今はスマホで毎日のように自撮りをSNSに上げている世代は、撮影に抵抗がないのだろうか。

「それに」

莉子ちゃんは冷ややかな目で店長を見つめながら、

「店員が出てるそば屋のタテカンのムービーなんて、誰も見ないですよ。それで五千円って美味《おい》しい仕事じゃないですか」

と、小声で言った。

不意に「くらしマート」のあの販促ビデオが頭に浮かんだ。死体らしきものの痩せこけた上半身。開いた口。真っ暗な目。

寒気を感じた瞬間、

「いらっしゃいませー、二名様？」
莉子ちゃんの声で我に返った。白髪の女性客二人が同時に「はい」と答える。わたしは
「いらっしゃいませ」と被せて仕事の頭に切り替えた。
はっきり出演を断るのを忘れていた。そう気付いたのは翌週、撮影日を青木さんに告げられてからだった。

三

亮太を寝かしつけ、お風呂から上がると俊之が帰っていた。スーツのままでソファの前に佇《たたず》んでいる。

「どうしたの」

バスタオルを髪に巻いて訊く。彼は手にしたクリアファイルを掲げると、

「例の映像、調べたら変な話になってさ」

と沈んだ声で言った。ファイルには白いＤＶＤ－Ｒが何枚かと、黒いトールケースが一つ入っていた。

「着替えてきたら？」

わたしはとりあえずそう答えた。

わたしが髪を乾かしている間に彼は服を着替え、缶ビールを用意した。出したばかりのコタツに脚を突っ込んで身を縮める。手にはリモコンが握られていた。

わたしが斜め向かいに腰を下ろすと、彼はしばらく黙ってから、

「見せていいかどうか迷ったよ。でも客観的な意見が聞きたいって思って。部署のみんなは首捻《ひね》ってるし、『見間違いだ』って意見も出てるし……」

「どういうこと？」

彼はリモコンをかざした。テレビが点《つ》く。

「辞めた河島さんって人、販促ビデオをよく撮ってたんだよ。これまでもうちで何回か」

リモコンを操作すると画面が白くなった。「くらしマート」のロゴが中央に表示される。

少し経って軽快なイージーリスニングが流れ始めた。

画面が変わる。抜けるような青空の下にビニールハウスがいくつも並んでいる。

「果物の売り上げが年々落ちてるから、それの販促」

俊之が説明する。カメラはビニールハウスの中に入った。地を這《は》うような低い草の間に点々と赤いものが見える。イチゴだ。

紺色のジャンパーを着た浅黒い男性がイチゴを摘《つ》まみ、こちらに差し出した。

「今年はいいイチゴができました」

作り笑顔を浮かべて棒読みで言う。

画面が切り替わる。ハウスの中でイチゴ農家らしき男女が横一列に並び、

「栃木のイチゴ、食べてくろなー」

と、これまた棒読みで言った。

「ここ」

俊之が一時停止ボタンを押した。農家の人々が両手を上げ、口を開いたまま固まる。コタツから身を乗り出すと、俊之は画面を指差して、

「これ、見える？」

左端の中年女性と、その右隣の若い男性の間を示した。わたしは画面に顔を近付け、すぐに後悔した。

並んだ男女の間、脇腹のところに、灰色の顔が映っていた。開いた暗い口、翳《かげ》った目。黒い髪は肩まで伸びている。

位置と角度から考えて、地面から生《は》えているようにしか見えなかった。でもさすがにそれはおかしい。きっとしゃがんでいるか、寝そべって上体を起こしているのだ。そうに決まっている。

「……女の人かな。髪が長いから」

わたしはそれだけ言った。俊之は「やっぱりそう見えるよね」と溜息を吐いた。再生ボタンを押す。すぐにイチゴが箱詰めされる映像に切り替わった。女性のナレーションが物

流のプロセスを淡々と読み上げる。

頭の中にはついさっきの、女性らしき顔がまだ残っていた。

「これ、去年のなんだ」

俊之は停止ボタンを押した。リモコンを操作してプレイヤーからDVD－Rを取り出す。

「みんなで改めて見て初めて気付いた。それまで映ってなかったって言うヤツも当然いたけど。絶対かっていうと怪しい。僕もね」

コタツの天板に置いたクリアファイルを見つめながら、

「見る？　一昨年のおせち予約キャンペーンの映像と、冬の鍋フェアの映像、あとクリスマスケーキのもある」

と言った。うかがうような視線をこちらに向ける。

「……その、全部に？」

わたしは中途半端に訊いた。丸ごと言葉にするのは躊躇われた。

俊之は無言でうなずいた。すぐに、

「いや、あれだよ、ケーキの後ろにチラッと映ったり、あと鍋に反射してる光がたまたまそう見えてたりってだけで、そこまで本気にするほどじゃないよ。おせちだってさ、食べてる子役の肩越しに一瞬映るだけだし」

早口でまくし立てる。笑い話にしようとしているけれど全然できていない。目は少しも笑っていないし、唇は引き攣《つ》っていた。

「僕だって普通ならこんなに気にしないし、社内で問題になったりもしないよ。完全に思い込みっていうか予断だって。う、映り込んでるのが、てんでバラバラだったら」

含みを持たせて俊之は口をつぐんだ。缶ビールに手を付ける様子もない。わたしはつい想像していた。彼の言わなかったことを汲《く》み取って頭の中で思い描いていた。

つまり――よく似たものが映っているのだ。

そして今に至るまで誰も気付かなかったのだ。

有り得ないと斬り捨てることはできなかった。

(誰も見ないですよ)

莉子ちゃんの声がよみがえる。酷《ひど》いと思う一方で納得してしまうところもあった。どこにでも流れている映像。特に注意を引かない、ほとんど風景みたいなビデオ。

「極めつきはこれだよ」

俊之がトールケースを手にしていた。パカリと音を立てて開く。

DVDのラベルには「第十二回ぴゅあフィルムフェスティバル　短編セレクション2001」と青い字で書かれていた。

「その河島さんって人の、言ってみればデビュー作かな。ここで受賞して映像の仕事を始めたらしい」

「連絡ついたの？」

「いや」彼は首を振ると、「まだ。でも河島淳って名前は偽名で、本名は河村昭雄《かわむらあきお》だってのは分かった。制作会社の人に聞いてね。その話を会社でしてたら映画マニアの先輩が『えっ』って仰天《ぎようてん》して……」

ディスクをプレイヤーに放り込んで、

「物凄い青ざめてた。理由はこいつのせい」

またコタツに入る。シンプルなメニュー画面にいくつかのタイトルらしき文字とサムネイルが並んでいた。短編がまとめて収録されている、ということだろうか。

「これ」

俊之はリモコンを操作する。右端のサムネイルに青い枠が現れる。

短編のタイトルは〈ありふれた映像〉だった。

俊之が再生ボタンを押すと、画面が真っ青になった。すぐに砂嵐が混じる。そこにブチブチと耳障《みみざわ》りなノイズ。顔をしかめると、

「これ、そういう映像なんだって」

「どういうこと？」

「VHSに録画されてた、って設定の作品らしい。実家の物置に仕舞われてたからズタボロってわけ。あれだよ、『ブレア・ウィッチ・プロジェクト』の亜流」

懐かしいホラー映画の名前を挙げると早送りボタンを押す。

どこかの小学校の校庭が映し出された。カメラは凄《すさ》まじい速度で移動し、校庭で踊る体操服の児童たちを撮っている。急なズーム。すぐに引いてまたズーム。一人の男子児童を中心に捉える。

男子児童は強張った顔でぎこちなく手足を動かしていた。

ホームビデオだ。確かにありふれた映像には違いない。カメラが再び引く。児童たちが小走りで列を作っている。真上から見たら花のような形になっているのだろう、と何となく察しがつく。

何気なく校舎に目を移した瞬間、わたしは気付いた。

画面右上、屋上に誰かが立っている。それもフェンスの手前に。

撮影者は気付いていないらしく、児童たちを撮り続けている。

俊之がわたしに目を向けて「屋上」と囁《ささや》いた。再生ボタンを押す。オーケストラの曲が鳴り響いた。「モルダウ」だ。いかにもこの手の発表に使われそうな、大袈裟なくらいドラマチックな音楽。

ぼぼぼう、と風がマイクを叩く音がした。屋上の人物の髪がなびいている。女性らしい。

グレーのスエットに青いジーンズなのが辛《かろ》うじて分かる。

女性はフェンスを後ろ手に掴《つか》んで、まっすぐ前を向いていた。

モルダウと人々のざわめき声。撮影者も周囲の父兄たちも、彼女に気付いた様子はない。

「ママ、誰かいる」と子供の声がした。すぐに母親らしき声が「そうね、みんないるね」と答える。笑い声。「あいつどこ行った？」と男性の困ったような声。

カメラがぐらぐらと激しく揺れる。なかなか収まらない。

揺れる画面の中で、女性が不意に屋上から飛び降りた。勢いを付けることもなく、自然に踏み出して。

そのまま音もなく花壇に叩き付けられる。

「ねえママ、落ちたよ」

「もう、さっきから何言ってるの」

カメラは児童たちのダンスの全景を撮り続けていた。再びさっきの児童に寄り、また引く。花壇の中から出ている白いものは手だろうか。足だろうか。

ダンスが終わって児童たちが退場したところで映像は静止した。ガタガタと上下に細かく揺れ、ノイズが走る。

画面が暗転し、しばらく経ってから、

〈一九九八年十月十一日〉

日付が中央に浮かび上がった。
ク、クッ、と機械音がして数秒後、メニュー画面が表示される。

息を止めていたことに気付いた。慌てて肺に空気を送り込む。俊之がぐったりした様子でディスクを取り出す。

「何なの、これ」

わたしは彼の背中に声をかけた。

「分からない」俊之は首を振ると、「先輩も分からないって。当時のその、ぴゅあだっけ？　それの映画祭でも物議を醸《かも》したらしいけど……」

ディスクを指で摘まんだまま、

「要は……本物なんじゃないかって。日本でできる合成技術を超えてるらしい。ハリウッドならギリギリ可能かもってレベル。当時は、だけど」

「監督は何て？　受賞作なら取材は受けたりするんじゃないの」

「ほぼノーコメント。『ご想像にお任せします』って。まあ、この手の映像は関係者の動向込みで作品です、みたいなところがあるから――」

「じゃあ」わたしは彼の言葉の途中で、「その日にそれっぽいニュースは？　日付が分かってるならネットで調べたりできるよね？」

「できるけど？」

はっ、と呆《あき》れた声を上げて、俊之は肩を竦めた。

「やってどうなる？　もう仕事と関係ないだろ。本物だろうと偽物だろうと、この監督がお騒がせ野郎ってことに変わりはない。うちの映像にあんなもの紛れ込ませた張本人かもしれない。その可能性が高くなった。それで充分だよ。会社——くらしマートとしてはね」

「俊之としては？」

無意識にそう訊いていた。久々に「お父さん」ではなく名前で呼んでいた。

彼は何度か言いよどむと、

「そりゃあ……気になるさ」

途中で何とか声のボリュームを絞って答えた。

「繋げて考えてしまうし、子供じみた想像だってするよ。小さい頃散々見たからな、心霊ビデオだのJホラーだのを。もちろん作り物だって分かってたけどさ。でも」

ふっと肩の力を抜く。

「仕事で……こんな近くで目にするとは思わなかった」

俊之は言った。この十数分で痩せたのではないか。そう思えるほどげっそりした顔だった。隈《くま》がひどく目立つ。

「そうね」

わたしはうなずいた。天板に置かれた彼の握りこぶしにそっと手を触れる。

自分も想像したことは一度もなかった。

映画館でもテレビでもなく、パソコンのモニタでも携帯の液晶画面でもなく、行きつけのスーパーであんな映像を見るなんて。

そして今度、似たような映像に出演することになるなんて。

考え至ったところで、ぶるりと全身に震えが走った。

撮影日は来週の火曜に迫っていた。

四

火曜、午前七時。冷たい風が吹く薄暗い高架通路を歩いて、裏口から伊勢丹伊南町店に入る。前日青木さんに言われた段取りだった。

亮太は俊之が菱川さんに預けることになっていた。大丈夫だろうか、と心配になる。

「そば処ほり尾」の店舗の前には撮影班らしき男性たちが何人か、せわしなく照明機材を組み立てていた。近寄ると野太い声で挨拶され、わたしは怯みながらも「おはようございます」と仕事用の声で答えた。

店内には既にエキストラの人たちが揃っていた。サラリーマン風の若い男女。作業服の中年男性。私服の女性二人。制服の女子高生もいる。莉子ちゃんが眠そうな顔を更に眠そうにして「はよざいまーす」と目を擦《こす》る。青木さんが「先に厨房撮るから、とりあえずホールで待機してて」と告げた。

更衣室で着替えている間、わたしはできるだけ何も考えないようにした。ホールでは莉子ちゃんや他のパートさんたちと話して、時間が過ぎるのを待った。

おはようございます、と一際大きな声が外から聞こえた。撮影班が機材を抱え、レジの横から厨房に入って行く。若いスタッフの間に白髪頭の、小柄な男性が見えた。あれが監督だろうか。

厨房に入る寸前、彼は足を止めた。こちらに数歩進むとニコリと表情を崩し、

「監督の河井《かわい》です。本日はよろしくお願いします」

深々とお辞儀した。目尻の皺《しわ》が深い、優しそうな顔。

エキストラとパートさんたちが一斉に挨拶を返す。莉子ちゃんも「がいしまーす」と身体を折った。

わたしは何も返せなかった。頭を下げることすらできなかった。

河井、河村、河島。偶然に決まっている。どれも決して珍しい名字ではない。そう分かっていても不安を覚えずにはいられなかった。

河井と名乗った監督は厨房に消えた。遅れて小日向さんが入って来て、こちらを見もせずに彼の後を追う。青木さんが「あっおはようございます」と猫なで声で言って更にその後に続いた。後ろの席でエキストラたちが話すのを聞きながら、わたしはお店の出入り口

を見つめていた。

これから撮られるのだ。そして何ヶ月かしたら看板――デジタルサイネージが設置され、わたしの小芝居がそこで流れることになる。

わたしはありふれた映像になる。

「津田さん、台本読みました？」

莉子ちゃんに声をかけられて振り向く。彼女はスマホを手に、

「十一シーンあるうちの三シーンくらいしか出番ないんですよね、店員って」

と不満そうに言う。台本は昨夜メールで送られてきた。わたしは家でプリントアウトしたものをエプロンのポケットから引っ張り出す。

「そうね、意外と少ない」

「ちぇっ」

莉子ちゃんは唇を尖《とが》らせた。

「もっと出たかったの？」

わたしは訊く。台本を見て「少なくてよかった」と安心していたからだ。

「いや、三シーンで後回しなら、来るのもっと遅くてもよかったんじゃないかなって」

彼女は欠伸《あくび》を嚙《か》み殺すと、「ねみい」と呟いた。

「まあまあ」

菱川さんみたいな口調だな、と思いながら、

「起きてないと寝起きの顔撮られちゃうから、シャッキリ――」

「はい本番！」

大きな声が厨房から届いた。すぐに「本番！」「ほんばーん！」とスタッフたちの声が続く。エキストラが瞬時に黙りこくった。これから撮るぞ、だから音を立てるな。そういう合図だと遅れて気付く。

わたしは無意識に手で口を押さえていた。

「用意、スタート！」

ハキハキした声がした。監督――河井さんだ。直後にカチンと音が鳴る。カチンコというやつだろうな、とテレビで見た映画撮影のメイキングを思い出した。

「へいお待ち！」

御堂さんの大きな声が聞こえた。

莉子ちゃんが「普段言わねえし」と囁き声で突っ込んだ。

「はい、カット！」

河井監督が合図をした。途端にまた厨房が慌《あわただ》しくなる。口から手を離すとわたしはホッと息を継いだ。これが開店時間――十一時まで繰り返されるのか。そう思うと早くも疲れを覚えた。

撮影は続く。「カット」と「本番」の間に雑談するパートさんやエキストラもいたけれど、わたしは黙っていた。お腹の奥に緊張感が澱《おり》のように溜まっている。

いや、緊張感だけではない。

余計なことを考えそうになって、わたしは知らぬ間にテーブル席に座っている莉子ちゃんのところへ歩み寄った。頬杖を突いて目を閉じている。身体が少しだけ前後に揺れていた。寝ているのだ。

大した度胸だなと感心しながらわたしは彼女の傍らで背筋を伸ばしたり、首を鳴らしたりしていた。何度目かの「本番！」が聞こえ、再び店内が静まり返る。

「用意、スタート！」

監督の声。続いてカチンコの音。今回は少し長いカットを撮っているらしく、なかなかカットの声がかからない。トントンと小刻みに聞こえるのは蕎麦《そば》を切る音だ。

ぐす、と水っぽい音が、不意にホールに響いた。

「うっ……」

奇妙な声が続く。嗚咽《おえつ》が漏れないようにしている。そんな風に聞こえた。

窓際の隅のテーブル席で、女子高生のエキストラが目を拭《ぬぐ》っていた。涙がぽろぽろテーブルに落ちる。

「どうしたのミサちゃん」

隣のテーブル席から女性客役の一人がひそひそ声で訊ねた。女子高生――ミサちゃんはぶんぶんと首を振る。ショートボブの黒髪が激しく揺れた。

何があったのだろう。緊張のせいだろうか。それとも親の訃報《ふほう》でも届いたのだろうか。テーブルの片隅には、蛍光ピンクのケースを付けたスマホが置かれていた。

不意にミサちゃんが立ち上がった。椅子が激しく鳴る。

「あ、カットカット」

厨房で監督の声がした。すぐさま「本番でーす！」とスタッフの声が飛ぶ。「音が入ったから中断した、気を付けろ」の意味だと今度はすぐ理解する。

「すいませーん、ちょっとタイム」

声を上げたのは莉子ちゃんだった。いつの間にか目を覚ましていた。ミサちゃんの肩に手を置いて「どしたの？」と訊く。ミサちゃんは答えずまた首を振った。

莉子ちゃんは彼女を連れてスタスタと店の外に出て行った。どうしたどうした、と厨房から出て来る若いスタッフに、

「エキストラの子、ちょっと体調悪くなったみたいで」

わたしは嘘でなさそうなことを言った。スタッフは特に気にする様子もなく、「あー、はい分かりました」と厨房に戻って行った。

撮影が再開される。「スタート」「カット」が二回繰り返されたところで、「厨房お終《しま》

い！」と監督が言った。ガチャガチャとやかましくなった直後、スタッフがカメラやモニタ、照明機材を抱えてホールにやって来る。

彼らの間を縫うようにして莉子ちゃんが戻って来た。ぼんやりした顔からは何も読み取れない。

「トイレです。スタッフの一人に声をかけて、わたしの元へと歩み寄る。

「トイレです。今メイク直してます」

「何だったの」

「いや……」

莉子ちゃんは首を傾《かし》げた。

「わけ分かんないこと言ってましたよ。あそこの」

窓の外を顎《あご》で示すと、

「PAOXのスクリーンあるじゃないですか。広告募集がずっと流れてるやつ。その女の子と目が合ったって言ってました。すっごい怖い顔で睨《にら》んできたって」

呆れた様子で言った。

背後の窓から不意に視線を感じた。

「まあ角度のせいでそう見えたってだけですよ」

ざわめきに紛《まぎ》れて莉子ちゃんの声がする。

「受験生かなあ。多分ストレスか何かで……」

巨大スクリーンはここから見える。仕事中もたまに視界に入るし、行き帰りも同様だ。偶然に決まってる。単なる見間違いでしかない。今まで散々目にしていたけれど、そんな風に見えたことは一度も――

いや、分からない。

これも販促ビデオと同じだ。わたしはあの映像を最初から最後まで見たことなんて一度もない。確信が持てない。

だったら今確かめよう、という気にはなれなかった。

もし本当に女の子がこちらを見てきたら。わたしを睨み付けたら。

今までずっと睨んでいて、気付かなかっただけだとしたら。

有り得ない。そんなことあるわけがない。

スクリーンの映像は河島とかいう人と何の関係もないはずだ。つい連想して結び付けているだけだ。仮に彼が撮った映像だったとしても、作った映像全てに不可解なものが映るなんておかしい。密《ひそ》かに細工していたとしても意味が分からない。

頭で必死にそう考えたけれど、背中に刺さる視線の感覚は消えなかった。

「ハイお待たせしました、まずは店員さんの挨拶から」

河井監督がよく通る声で言った。

さっぱりした顔のミサちゃんが小走りで現れる。莉子ちゃんが「オッケー？」と声をかけると、彼女は「すみません」と照れ笑いを浮かべた。

五

撮影は開店三十分前、十時半に終わった。

ミサちゃんは泣いていたのが嘘のように溌剌《はつらつ》と演技していたし、莉子ちゃんは普段の数倍は明るい顔と声とテキパキした動作で、全ての芝居を完璧にやり切った。

一方でわたしはミスを重ねた。「いらっしゃいませ」とお辞儀する。「ごゆっくりどうぞ」と天ぷら御膳をテーブルに置く。エキストラの背後を笑顔で歩く。たったこれだけの簡単なことなのに、声は裏返り、動きは不自然になった。

窓の方を向くと冷や汗が出て、窓を見ないでいると視線が気にかかる。それが理由だったけれど、もちろん誰かに説明することはできなかった。

河井監督は終始笑顔で、わたしがNGを出す度に「いいですよ全然。緊張なさらなくて」と穏やかな声で言った。

全てのカットを撮り終わり、「終了、お疲れ様でした」と彼が言った瞬間、スタッフは「おつかれした！」と凄まじい勢いで撤収作業に取り掛かった。あっという間に機材をまとめてお店を出て行く。エキストラさんたちが談笑しながらそれに続く。

ガランとした店内にわたしたち店員と青木さん、小日向さんだけが残された。

「やあ今回はお疲れ様でした」小日向さんは歯を見せると、「完成したら青木さんにデータ送りますよ。来月になるかな。デジタルサイネージはその後」

「はい、楽しみにしております」

青木さんがへこへこと頭を下げた。他のパートさんは「恥ずかしいな」などと笑い合っている。莉子ちゃんはいつもの眠そうな顔に戻っていた。

「あの」

店外に出た小日向さんに声をかける。

「あの監督さんて、どういう方ですか？」

「え、河井さんですか？」

彼は一瞬面食らったけれど、

「フリーの監督さんらしいですよ。主に企業のイベント用映像だとか、ウェブ広告だとか撮ってらっしゃるみたいですね」

と答えた。「らしい」とはどういうことか。

「他の名義でやったりはされてませんか。河島とか河村とか」

「いえ、存じ上げません。今回初めてお取引させていただいたので」

一瞬困ったような笑みを浮かべると、彼は「失礼、本社で会議がありますので」ときびすを返し、エレベーターへと向かって行った。

わたしは店に戻った。これからそのまま仕事だ。私服に着替えた莉子ちゃんが青木さんから五千円札を受け取り、もごもご挨拶して帰って行った。

「いやあ、ありがとね津田さん、監督もバッチリだってさ」

店長が財布から新たに五千円札を摘まみ出す。

わたしはぼんやりした気持ちでそれを受け取った。


小日向さんの言ったとおり映像データは翌月、青木さんに届けられた。バックヤードでノートパソコンを開いて、彼は「いいねえ」「津田さんも莉子ちゃんも最高だねえ」と何度も繰り返した。

他のパートさんたちもディスプレイを覗き見ては楽しそうな、恥ずかしそうな声を上げていた。莉子ちゃんは「デブい」と自分の姿に不満そうだった。

わたしは見る振りだけして見なかった。

デジタルサイネージが設置された今も、決して見ないようにしている。

開店前もそうだ。表に出して電源を入れて、モニタが明るくなったのを確かめてすぐ店に戻る。退勤時は視界に入れないようにして通り過ぎる。

ＰＡＯＸの巨大スクリーンを眺めることもなくなった。それどころか高架通路を歩く時は顔を伏せるようになった。

ありふれた映像を見るのが嫌になっていた。

俊之から聞いたせいもある。デジタルサイネージが店に届いたちょうどその頃だった。あの販促ビデオと「ありふれた映像」を撮った河島淳——河村昭雄とは、今も連絡がつかないでいる、と。

ただ、別名義で今も監督をしているという噂は耳にした、と。

わたしは河井監督の人相を告げたけれど、

「この件はもうお終い。当分販促ビデオは作らないことになったたし」

俊之はそう言って肩を落とした。

何から何まで宙ぶらりんのままだった。だからと言っていいのか、わたしは未《いま》だに不安を抱えたまま日々を送っていた。

そしてどこへ行っても難儀することになった。

あらゆるところに「ありふれた映像」がある。そう気付いたからだ。ドラッグストアの一角、家電量販店、電車のドアの上。バスの前方乗降口、郵便局の片隅、レストランの注文用タッチパネル。フードコートで食事を頼んだ時に手渡される、呼び出しベルにさえも液晶画面が付くようになった。画面には近所の不動産屋や、スポーツジムの宣伝映像が流れていた。

博物館の展示。遊園地のアトラクション。床屋の鏡の傍ら。亮太が喜ぶ一方でわたしは何とか平静を装った。

俊之もあの販促ビデオの一件は忘れたのか、ごく普通に映像を楽しんでいた。

すっかり寒くなったある日の夕方。

パートの帰り、わたしは伊勢丹を出て、俯きながら高架通路を歩いていた。駅構内に入ったところで顔を上げる。

心臓が大きく鳴った。

両側に並んだ柱の一つ一つに、縦長のデジタルサイネージが取り付けられていた。

連なった幾つもの画面に同じ映像が表示されている。

〈わが街、伊南町〉

テロップの後ろに駅前が——まさにわたしがいるこの場所が映し出されていた。行き交う人々、商業ビル。

場面が切り替わる。若い女性二人が談笑しながら、カメラに向かって歩いている。

そのはるか向こう、ぼやけた通行人の間に。

一人だけ突っ立っている人がいた。

開いた口は真っ暗だった。落ち窪んだ目は真っ黒だった。

そこまで見てしまってから、わたしは顔を背《そむ》けた。

宮本くんの手

一

午前一時。近所のラーメン屋で遅い夕食を済ませて、寒さに身を縮めながら会社に戻る。給湯室で湯が沸くのを待ちながら煙草を吸う。

高田馬場《たかだのばば》、神田川《かんだがわ》沿いの雑居ビルの三階から、暗い住宅街を眺《なが》めていた。

インスタントのコーヒーを淹れ、マグカップを片手に編集部の島に戻る途中、隣の島に宮本《みやもと》くんがいるのが目に留まった。自分の席に座っている。他に編集部員は誰もいない。

――あいつはできる方だけど、書くのだけは遅いんだよなあ――

隣の島の編集長、氷川《ひかわ》さんがそう言っていたのを思い出す。ということは独り残って原稿書きだろうか。それにしてはタイピングの音がしない。

それとなくうかがうと、宮本くんはぼんやりと手元を見つめていた。両方の掌《てのひら》を上に向けている。口は半開きだった。

彼の分厚い掌はひどく荒れていた。

あちこち皮が捲《めく》れ、ところどころひび割れている。左手の親指と人差し指は先端がぱっくり割れ、白く硬くなった亀裂から赤い組織が覗《のぞ》いていた。

手のすぐ側《そば》、デスクの上に丸められたティッシュには、血らしき赤い染みがそこかしこに滲《にじ》んでいた。

「痛そう……」

僕は無意識に呟《つぶや》いていた。宮本くんが驚いた様子で顔を上げる。

「あっ、ごめんね」

「いえ全然。気にせんといてください」

彼は丸い顔に明るい笑みを浮かべて答えた。丸刈りで童顔でぽっちゃり体型。頬《ほお》も額《ひたい》もつるりとして吹き出物は一切ない。彼を見たら十人が十人とも「健康優良児」という印象を持つだろう。だから余計に彼の手荒れは目立った。

「どうしたの？　洗剤とか？」

僕は思い切って訊《たず》ねた。彼は話しやすい方だったたし、訊《き》いても気を悪くはしないだろう。

「いえ、ちょいちょいなるんですよ。何もせんでも」

宮本くんは掌をかざしてみせた。見るからに痛々しい。

「どの皮膚科に行っても『たぶん乾燥肌やろう』って。水虫とか黴菌《かび》とかではないらしいんで、そこはまあ……」

うかがうような視線で僕を見る。

「別に不潔だとは思ってないよ。単に痛そうってのと、あと手荒れって女の人のイメージがあるから意表を衝《つ》かれたのと」

「あー、世間的にはそうかもしれませんね」

宮本くんはゆっくりと手を握り締める。わずかに表情が歪《ゆが》む。突っ張って動かしにくいのだろう。裂けた傷口が引き攣《つ》れるのだろう。見ているだけで痛みが伝わるようで、僕は思わず顔をしかめていた。

「……それだと文字打つのも大変でしょ」

そう訊くと、彼は「いえ」とかぶりを振って、

「慣れてるといえば慣れてるんで。今回が初めてやないですし、一番酷《ひど》かった時に比べたら全然マシですよ」

「そうなんだ」

「ええ。小六の時はキツかったなあ。年末年始にかけてズタボロでひび割れだらけで。全部の指に絆創膏《ばんそうこう》貼ってましたもん」

「うわあ」

聞いているだけで指先がヒリヒリしてきた。

「遺伝かねえ」

「それも違うっぽいんですよ。お袋も姉貴も家事大好き人間やのに全然荒れへんので。親父もです」

「お祖母《ばあ》ちゃんは？　お祖父《じい》ちゃんでもいいけど。隔世遺伝かもよ」

「荒れてた印象はないですねえ」

彼は掌を上に向けたまま遠い目をした。過去形だ。既に亡くなっているらしい。話題を変えた方がいいだろうなと思っていると、彼は不意に「まあ」と口を開いた。

「バグみたいなもんやろなって思ってますよ。よう探したら誰にでもあるような、ほんまにちっちゃいバグ」

妙に明るい調子で言う。

「え？　何の話？」

僕はコーヒーを啜《すす》る。宮本くんはティッシュをゴミ箱に捨てると、

「普段は意識しませんけど、人間ってめっちゃ複雑にプログラミングされてますよね。信じられへんほど精巧に組み立てられてる。でもたまにバグも発生します。生命に関わるとか、生活に支障が出るレベルやったら病気とか障害って言われるんでしょうけど、そうでもなかったら単なる差異か体質扱いになるんですよ。フクニュウって分かります？」

唐突《とうとつ》に訊く。言葉の意味が遅れて脳に届く。

「あれでしょ、氷川さんがあるって言ってるやつ」

「お腹にありましたよ。見せてもらいましたけど、臍《へそ》の上に左右二つずつ並んでました」

「……なるほどね。それも言ってみれば『ちっちゃいバグ』だ」

僕は納得しながらコーヒーを飲んだ。

宮本くんが言っているのは副乳のことだ。

乳首は両胸に二つあるが、それ以外にも——例えば腋《わき》や腹に——乳首を持つ人はまれにいる。大抵は未発達でほとんど吹き出物にしか見えないらしい。有名なグラビアアイドルにも副乳があると公言した子がいて、その子はたしか腋にあったはずだ。

乱暴に言えば先祖返りなのだろう。はるか昔、獣だった頃の形質が今になって不意に、それもほんの少しだけ発現したのだ。つまり些細《ささい》なバグだ。

でっぷり肥え太った氷川さんが、居酒屋で宮本くんに弛《たる》んだ腹と胸を見せている。そんな光景をうっかり想像していた。決して美しい絵面《えづら》ではない。

「せやから、これも『ちっちゃいバグ』です」

宮本くんはあっけらかんと言った。

「澤田《さわだ》さんもありません？　そういうの」

「ないって……いや、あった」

僕は左手の小指を立ててみせた。

爪が少しだけ左に曲がっている。表面は縦に筋が幾本も入っているし、色も全体的に白っぽい。

高校一年の時、体育のバスケットボールの授業で敵のパスをカットしようとして引っ掛け、爪が根元から吹っ飛んだのだ。痛みはほとんどなかったけれど、結構な量の血が出たのを思い出す。

二ヶ月で爪は生《は》えたが、こんな形になっていた。

これもバグだ。いや、僕の場合は「プログラムが破損した」と表現した方が正確だろうか。「今までと同じ形の爪」を生やすプログラムが、怪我をした時に消失したのだ。特に不便さを感じることはなく、いつの間にかすっかり忘れていた。

かいつまんで説明すると、宮本くんはわが意を得たりと言わんばかりに、

「誰にでもあるんですよ、意外と」

と笑った。

二〇一〇年の師走《しわす》のことだった。

二

身体に起こった小さなバグ。

やりすごせるほど些細で、誰にでもある異状。

宮本くんの言葉は僕の興味を引いた。仕事の合間、友人といる時、ふと思い出して周囲に訊ねてみたりもした。

その結果分かったのは、「小さなバグ」を抱えている人は想像以上に多いという事実だった。例えば同じ編集部の同期、吉岡《よしおか》くんは一本だけ永久歯が生えないという。

「ほれ」

彼は口に指を突っ込んで入れ歯を摘《つ》まみ出すと、大きく口を開いてみせた。右下に一本分、ぽかりと隙間《すきま》が空いている。

「大学の時に乳歯が抜けて、それからずっと入れ歯。生えないヤツわりといるんだってよ、歯医者に言わせると」

「不便そうだね、入れ歯洗うの」

「慣れたけどな。でも貯金はしてるよ、そのうちインプラントにするから」

吉岡くんは一瞬で入れ歯を元通りに嵌《は》めた。

友人の清瀬《きよせ》は小さい頃に車に轢《ひ》かれ、右足を二百針縫《ぬ》った。普通に歩けるけれどたまに疼《うず》くらしい。

「特に膝の辺りがキツい。眠れないほどじゃないけど」

淡々と語る彼に同情していると、

「でもメリットはある」

「何の？」

清瀬は仏頂面《ぶっちょうづら》にほんの少しだけ笑みを浮かべ、

「疼いたら雨が降る。六時間後から八時間後に、九十八パーセントの確率でな。天気予報より当たるぞ」

と言った。

よく聞く話ではあった。気圧が下がると頭痛がする。あるいは関節が痛む。だが友人にそんな人間がいるとは想像もしておらず、僕は少なからず驚いた。それもよりによって清瀬だとは。大手メーカーのプログラマーをやっていて、常に理屈で動く、絵に描いたような理系人間なのに。

「傘を持っていくか迷った時は右膝に訊いてる」

「お前がそんなのアテにするなんてなあ」

「そうか？」清瀬は首を傾《かし》げて「人体は常に気圧の高低を感知してるはずだよ。意識に上らないだけ、専用の器官が存在しないだけだ。ただ低気圧を『古傷の痛み』として知覚する理屈は分からない。何にせよ予知――超能力なんかでは決してない。だからこいつの言うことは素直に聞ける」

「便利なバグだね」

「俺の場合はリプログラムと言った方がいいかもしれないな。雨の訪れを伝える別のプログラムが、新たに組み立てられたわけだ」

清瀬はどこか愛《いと》おしげに右膝を擦《さす》った。十年来の友人の意外な一面を知り、僕は少しばかり得した気持ちになった。

暮れに静岡に帰省し、実家で新年を迎えた翌日の午後。遂に話題が無くなって両親にも訊いてみた。

「イボは違うのか」

親父《おやじ》は炬燵《こたつ》から大儀《たいぎ》そうに脚を引っ張り出した。右足の親指に大きなイボができている。

「伝染《うつ》る。仕舞ってくれ」

向かいの僕は嫌そうな顔をしてみせる。

「わたしはあるよ」

みかんを抱えたお袋が親父の隣に座った。左手をすっと顔の前にかざす。指を素早く動かすと、ぶちぶちぶちと糸が切れるような音が居間に響いた。

「……大丈夫か？」

僕は訊いた。手首か指の腱《けん》が断裂した、そう思わずにはいられないほどさっきの音は大きく耳障《みみざわ》りだった。

「うん、平気」

お袋は平然と答えると、今度は手首を回した。

ぷちちちち、とさっきより生々しい音がする。

「止めて。怖いから」

「どうして。何にも怖いことなんかないよ。ただ鳴るだけ」

お袋は楽しそうに激しく手首を回す。

ぷちちち、ぷちちち
ぷちちちちちちちちち
親父がうんざりした顔で上体を引いた。

「お前どう思う？　覚えてから毎日これだよ」

「だって面白いもん」

お袋は全く気にする様子もなく、

「こないだね、ストレッチしてたら鳴るのに気付いたの。凄《すご》いって思って練習したら色んな音が出せるようになって」

「練習？」

「そう」お袋は得意気に胸を張ると、「アレですよ、ヒューマンビートボックス。あっ、でもわたしのコレはヒューマンストリングボックスかな」

ぐっと拳を握り締める。ぱきんっ、と乾いた音が鳴った。

僕は間抜けにも絶句していた。母親のはしゃぐ様子も、公平に見て健康的とは言いがたい音も不安を掻《か》き立てた。これは「大きなバグ」ではないかと心配になっていた。

お袋は拳をこちらに向けたまま、

「どう？」

「いや、どうって……」

何と答えたらいいか迷っていると、

「そのうち痛めるぞ」

親父が溜息交じりに言った。

三

仕事始めは一月五日の水曜日だった。僕は正月休みで呆《ぼ》けた頭を切り替え、編集業務に打ち込んだ。本誌の取材、増刊号の台割作成。

契約社員で採用されて八年が経つ。今年こそは正社員になりたいけれど、この不景気では厳しい。去年だけでうちの出版社で専門誌が三冊も休刊し、一つの編集部が解散した。転職も視野に入れなければいけない。

忙しい時期に突入し、会社に三連泊し、一旦帰宅して風呂に入って仮眠して出社してまた三連泊。毎度のことで慣れてはいるが、歳のせいか疲れが取れにくくなっている。

バグのことをすっかり忘れたある日の深夜のこと。

「どうなってんだよ」

一人で色校を見ていると隣の島から声がした。氷川さんが椅子にふんぞり返り、傍《かたわ》らに立った宮本くんを睨《にら》み付けていた。僕は視線を外して聞き耳を立てる。

「病気か？」

「いえ、体質やと思います」

「体質なんてレベルじゃないだろ、それ」

手荒れのことだ。僕は赤ペンを握り締めた。

宮本くんは「すみません」と謝ったが、すぐに、

「仕事には支障ないですし……」

「いや、あのな」

ぎいい、と氷川さんは椅子を鳴らした。

「お前はそうかもしれないけどな、周りには支障出てるんだわ。気になってしょうがない。それに」

「あっ……分かりました、すぐに」

「校了したら病院行け、そんで報告しろ」

「はい」

宮本くんは小走りでフロアを出て行った。やれやれ、と氷川さんが溜息を吐《つ》く。僕は椅子で伸びをしてから立ち上がり、煙草のケースを摑《つか》んだ。給湯室に向かう。

氷川さんと目が合った。

「ごめんね、うるさかったでしょ」

「とんでもない。宮本くん、どうかしたんですか」

これ幸いと水を向けると、

「あいつが悪いってわけじゃないんだけどさ」

氷川さんは椅子にもたれたまま、宮本くんの机の下の方を指差した。

僕はさりげなく足を止め、指先が示す方を向き、そして思わず目を見張った。

宮本くんの椅子の周り、濃いグレーのカーペットタイル。

その一面に白い紙くずのようなものが散らばっていた。

よく見るとデスクの上にも、キーボードにも白いものが散っている。ほとんど「積もっている」と言っていい。

「……これって」

「皮だよ、あいつの手の皮」

氷川さんが唸《うな》るように言った。

「仕事中に掻き毟《むし》ってんの」

僕はその場を動けなくなっていた。

夥《おびただ》しい量の皮から目を離せなくなっていた。

「基本ちゃんと帰ってるし、フケとかも全然出てないんだけどな」

「ど、どうなってるんでしょうね」

「分からん」

そう言うと氷川さんは立ち上がった。宮本くんのデスクの脇にある、ひしゃげた円筒形のゴミ箱を片手で摑むと、

「あんまりいい加減なこと言いたくないけど——ストレスかもな」

中身をこちらに見せた。

血の染みがついたティッシュと、汚れた絆創膏がみっしりと詰まっていた。

「遠藤《えんどう》っていたろ。一昨年《おととしゃ》辞めたやつ」

「ええ」

僕は遠藤さんを思い出した。顔全体が炎症を起こしていて、両瞼《まぶた》は常に真っ赤になっていた。唇の周りは瘡蓋《かさぶた》に覆われていた。

「あいつも入って来た時は何ともなかったんだぜ。二年目くらいからだよ、あんな肌になったの。医者は原因不明だって」

「そうなんですか」

「ああ。宮本も同じパターンかもな」

絶対にないとは言えなかった。むしろ充分に有り得そうだ。

氷川さんはゴミ箱をそっと戻すと、

「キツそうには見えないけどなあ。無意識では相当ヤバいとこまで行ってんのかなあ」

心配そうに呟きながら席に戻った。大きな体を重そうに引き摺《ず》り、動作の一つ一つが辛《つら》そうだった。

彼も昔は痩《や》せていたのかもしれない。

あんなに肥っているのはストレスのせいかもしれない。

ぼんやり考えていると、ドアが開いた。宮本くんが箒《ほうき》と塵取《ちりと》りを手に入って来る。

彼の両手は遠目でも、物を握っていても分かるほど荒れていた。去年気付いた時より悪化している。全部の指先に絆創膏が巻かれている。

表情は明るいけれど、やはり無理しているのだろうか。バグが大きくなるくらいに。差異が病気になるくらいに。

僕は給湯室に向かった。

真っ暗な住宅街を眺めながら煙草を吸っていると、

「ザッとでいいぞ。気にならなくなる程度で」

氷川さんがそんなことを言うのが聞こえた。

宮本くんの手荒れは日に日に酷くなっていった。氷川さんに言われたとおり病院に行き、塗り薬をもらったそうだが効果はないらしい。

二月も半ばを迎える頃から彼は手袋をするようになった。手袋はショッキングピンクの軍手だった。明るい色彩が目に付くせいだろう。「何でその色なんだよ」「掃除のオバちゃんか」と、当初は周りにからかわれていた。その度に彼は「オバちゃんとちゃいますよ」とおどけて答えていた。

彼のカラーリングセンスは確かに気になったが、皆の尻馬に乗るのは躊躇《ためら》われた。むしろ彼の手の痛みに同情するようになった。タイピングの途中で顔をしかめる、荷物を持つ直前に一瞬身構える――彼のそんな挙動を目にする度に胸が痛んだ。

給湯室で絆創膏を貼り替える姿を見て、煙草を吸わずに引き返したこともあった。ちらりと目に入った彼の手はひび割れだらけだった。指先はおろか掌のあちこちが裂け、赤い血を滲ませていた。

「くうう」

宮本くんが痛みを堪《こら》える声を背中に聞きながら、僕は自分の席に戻った。何かできることはないかと思案しているうちに、ネットで温泉を検索している自分に気付いて情けなくなった。こんなことで治るとは思えない。

月が変わる頃には彼の手袋に突っ込む人はいなくなった。手の皮を散らかすことはなくなったらしく、氷川さんが注意することもなくなった。

二週目の金曜日。午後二時四十五分。

仮眠室から戻り、コンビニ弁当を食べながらメールチェックを済ませる。進行は若干遅れ気味で、土日も出社した方がよさそうだ。

吉岡くんが眠い目で誰かと電話していた。

宮本くんはプリンタのトナーを交換していた。

休日出勤の書類を書かなければ、と思いながら弁当箱を捨てたところで、ぐらりとフロアが揺れた。

「デカいぞっ」

誰かが叫んだ。

揺れは一向に治まらない。それどころかますます激しくなっている。すぐ右隣、壁際のスチールシェルフが傾き、ファイルや裸の書類がバサバサとなだれ落ちた。

僕は咄嗟《とっさ》にシェルフを両手で押さえた。

吉岡くんが「一旦《いったん》切ります！」と叫んでデスクの下に隠れる。

がしゃん、と給湯室で何かが割れる音がした。続いて誰かの悲鳴。

「落ち着け！」

氷川さんが泡を食った様子で怒鳴った。僕は揺れるスチールシェルフを身体で支えながら、ただひたすら混乱していた。聞いたことのない不吉な音があちこちから響く。

地震、という言葉が今更になって脳裏をよぎった。

揺れが治まってしばらく、誰も何も言わなかった。吉岡くんがデスクから這《は》い出す。顔は蒼白《そうはく》で唇まで青い。

「テレビ点《つ》けよう」

誰かが言った。「とりあえず外注に連絡して」「ヤバイな」「外に出てもいいもんかね?」「怪我した奴いる?」「どうしようどうしよう」と次々にみんな話し出す。

「駄目だ、繋《つな》がらない」と携帯を耳に当てて呟く吉岡くん。その肩越しに宮本くんの姿が見えた。

業務用の大型プリンタの前で、彼は呆然《ぼうぜん》と立ちすくんでいた。土気色《つちけいろ》の顔。足元にはトナーが転がっていて、黒い粉が床に散っている。

手袋をした両手を涙目で見つめている。全身が激しく揺れている。

宮本くんは震えていた。

我に返って僕は携帯を手にした。

二〇一一年三月十一日のことだった。

四

大混乱に陥ったものの会社が休みになることはなく、僕たちはいつもどおりに仕事を進めた。吉岡くんの妹夫婦が仙台在住だったが、幸いにも助かったという。外注にもその家族にも被災した人はいなかった。静岡の両親も無事だった。

一週間が経《た》った頃には、少なくとも表面上は元通りになっていた。マグカップや来客用のグラスが割れたくらいで、社屋も無事だった。

宮本くんが会社に来ていない。震災当日から見た記憶がない。

そう気付いたのは三月二十二日の夜だった。

「体調崩したって。先週まるまる休んだ。まあ今は忙しくないからいいけど」

氷川さんは困った顔で言った。斜め向かいに座る横尾《よこお》くんに「いつ来るか聞いてる？」と訊く。横尾くんはモニタから視線を外すと、「いえ」と簡潔に答えた。

「どうしちゃったんでしょうね」

僕はテイクアウトの牛丼を手にしたまま言った。かすかな温もりが手に伝わる。

「やっぱ精神的に参ってたのかなあ。手のこともあるし。それが震災で一気に……」

これも充分に有り得そうだ。地震が来た直後の彼を思い出していると、

「実家に逃げたんじゃないですか」

横尾くんがモニタを見たまま言った。

「逃げた？」氷川さんが唇を歪める。

「放射能ですよ」

コキコキと首を鳴らすと、横尾くんは鼻を鳴らして、

「友達にも一人いますよ。九州の実家に速攻で逃げました」

「おい横尾、『逃げた』はないだろ。間違いとは言い切れん。間違いだったとしても臆病者扱いする資格は誰にもない。こんな状況だしな」

氷川さんが凄味《すごみ》を利かせて言った。真面目だなと思いながら僕は不安を覚えた。点けっ放しのテレビからは原発のニュースが流れている。

少しも安心できない。何を信じていいか分からない。自分は理性的にふるまっているようで、実は単に楽天的なだけかもしれない。

「……すみません、軽率でした」横尾くんはしゅんとしながら、「避難した、と訂正します。宮本もそうじゃないかと思って。神戸でしたよね」

「だったな」

氷川さんは椅子にもたれて天井を見上げた。この一週間あまりで少し痩せたような気がする。顔色も悪い。

「ううむ」と一声唸ると、彼は固定電話の受話器を摑んだ。携帯を見ながら太い指で番号を打ち込む。

耳に当てた受話器から、くぐもった呼出音が漏れ聞こえる。

突っ立っていないで戻ろうか。さすがに首を突っ込みすぎている。その場を離れるタイミングをうかがっていると、呼出音が止まった。

「氷川です、今大丈夫か？」

僕は自分の席に足を進めた。

「予後はどうだ？　おお、おお……うん……え？」

いきなり声が一オクターブ上がる。氷川さんは前のめりで目を丸くしていた。横尾くんはモニタを見つめていたが、聞き耳を立てているのが分かる。

「え？　え……ちょっと待ておい……いや、だからな、あの……おい宮本っ」

氷川さんは声を荒らげた。編集部が途端《とたん》に静まり返り、ややあってざわめく。

「何かあったのか？」

吉岡くんが缶コーヒーを飲みながら訊いた。僕は「分からない」と首を振る。氷川さんは声を潜めて話し続ける。

「……あのな、悪いけど意味が……だったら何の問題も……いや、それはお前……」

僕はいたたまれない気持ちになっていた。

吉岡くんも険しい表情で氷川さんを見ていたが、やがて、

「結構あるらしいぜ」

そう呟いた。

「何が？」

「この流れで鬱《うつ》とか、精神的にやられるパターン。まあニュースであれだけやってれば、気が変にならない方がおかしい。俺も最近ネット断ちしてるし」

「妹さんは？」

「名古屋。旦那の実家だよ。姑《しゅうとめ》と仲悪かったけど今回ので打ち解けたらしい。うちは運が良かったんだろうな」

どう返していいか分からず答えを探しているうちに、彼は仕事に戻った。

「明日復帰するってよ」

氷川さんが横尾くんに言うのが聞こえた。いつの間にか電話を終えている。まだ戻るのには時間がかかると想像していたが違うらしい。

「大丈夫なんですか」

横尾くんが訊く。氷川さんは難しい顔で、

「治ったって言ってたからな。でも……」

そこまで言って黙った。

五

聞いていたとおり、宮本くんは翌日に出社した。本来定められている出社時間、午前十一時ぴったりに。

彼は明らかにやつれていた。目の下の隈《くま》は真っ黒で、頬がこけていた。人と話す時、電話している時の笑顔に無理しているのがうかがえる。

だが、僕が一番驚いたのは彼の両手だった。

手袋はしていなかった。絆創膏も貼っていなかった。

ひび割れもなければ皮も剝《む》けていない。水膨《みずぶく》れもなければ炎症を起こしている様子もない。遠目でチラチラとうかがった限り、彼の手に「バグ」は一切なかった。きれいさっぱり元の手に戻っていた。

氷川さんの言う「治った」とはこのことだったのか。

であればストレスと手荒れは関係ないということか。

手は治ったけれど体調を崩して休んでいたということか。

僕や氷川さんが勝手に結び付けていただけなのか。そう考えるのが一番自然だ。それでも僕はちぐはぐな印象を拭《ぬぐ》えなかった。

電話をしている彼と目が合った。口元には笑みが浮かんでいたが、瞳には思い詰めたような感情が浮かんでいる。僕はなるべく自然に目を逸《そ》らした。

翌月のことだ。

編集部でテレビを点けっ放しにすることがなくなり、地方に移住することになった外注さんたちの情報を共有し終えた、ある日の深夜。例の如く外で夕食を済ませて会社に戻ると、「澤田さん」と呼び止められた。

宮本くんが給湯室から顔を出していた。

「これ、よかったら貰《もら》ってください」

差し出した手には煙草のボックスが握られていた。僕が好んで吸っている銘柄《めいがら》で、封が切られている。

「あれ、宮本くんって吸うっけ？」

思わずそう訊くと、彼は「いえ」と小さく笑い、

「試しに一本吸うてみたんですけど、やっぱ無理でした。どうぞ」

と言った。

僕は戸惑いが顔に出ないようにボックスを受け取った。じゃあ遠慮なく、と取り繕《つくろ》った言葉が口を衝いて出る。

「……どうしたの」

思い切ってそう問いかけた。この状況は不自然だ。宮本くんの中で何かが変わったのは間違いない。

彼はしばらく黙っていたが、やがて意を決したようにまっすぐ僕を見つめて、

「ちょっとお時間ええですか」

と、視線で背後――給湯室を示した。

僕は貰った煙草を引き抜きながら給湯室に入った。

換気扇を回して窓を開ける。夜風がさほど冷たくもなく強くもないことを確認して、窓際に陣取って煙草に火を点ける。

「何かあったの」

壁にもたれようとして止め、最初の一口を吸う前に訊くと、

「これ……前に話しましたよね」

宮本くんは掌を上にして差し出した。どこにも変わったところはない。

「うん」僕はうなずくと、「治ったんだね。よかったじゃん」と煙を吐き出した。

「治りました。せやけど……」

拳を弱々しく握り締めると、

「よくはないです。全然」

彼は呟いた。暗い表情。伸びた丸刈りには少しだけ寝癖が付いている。半開きの口はわ

ずかに震え、そこから覗く歯は黄ばんでいた。

どういうことだ。何が問題なのか分からない。黙っていると、彼は顔を上げて、

「僕、生まれも育ちも神戸なんですよ」

唐突に話題を変えた。僕は混乱しながら「うん」と返す。

「小さい頃は何ともなかったんです。親に確認したから間違いない。最初に荒れたんは小六の時です。今回ほどやないですけど」

僕はうなずいて続きを促す。

「秋くらいから皮が剝け出して、年末にはぼろっぼろでした。紅白歌合戦観てたら『どないなってんねん』って親父に心配されましたよ。無意識に掻いてたんです。コタツに剝けた皮が散ってて、血も滲んでて」

「うん」

「翌年に地震がありました」

宮本くんは淡々と言った。

「近所——東灘区《ひがしなだ》に住んでた祖父ちゃん祖母ちゃんが亡くなって、僕の家も半壊して、学校の体育館に泊まりました。そんでふと見たら……治ってたんです、きれいに」

何度も手を開いたり閉じたりしながら、

「大学生の時にも一回荒れました。そん時はそこまで酷くなかったし、時期もちょっと早

くて秋口くらいからです。そしたら十月二十三日に新潟で地震がありました。十一月には治ってました。そして今回。また荒れました。また揺れて、また治りました」

そこで黙った。後半は早口になっていた。ぎらぎらと輝く目でじっと僕を見据え、

「つまりそういうことなんです」

と囁《ささや》いた。

彼が何を言おうとしているのかは理解できた。でも素直に受け取ることはできなかった。胸に渦巻いていたのは疑念、そして不安だった。

目の前の後輩は――宮本くんは精神に異常をきたしているのではないか。有り得ない妄想に取り憑《つ》かれているのではないか。

それで思い詰めて一週間以上も会社を休んだのではないか。

「あ、あのさ」

僕は苦笑いで煙草を咥《くわ》えると、

「ちょっと考え過ぎじゃないかな。それって要はあれでしょ、予知能力ってことだよね。宮本くんの手は地震を予知して荒れる。そんな風に考えてるわけでしょ？」

彼は何も答えなかった。厭《いや》な沈黙が給湯室に漂う。

「ないから、普通に考えて」

僕は語気を強めて言った。口から出た煙が勢いよく彼の顔にかかる。彼は表情一つ変え

ないでいる。

次の言葉を考えていると、清瀬のことが頭に浮かんだ。

「天気とか気圧とかは観測できるよ。ある程度予測もできる。だから天気予報が成立するわけだし、雨が降る前に体調が変化する人もいる。でも地震ってもっと突発的に起こるものだよね？　そんな早い段階——何ヶ月も前から予測はできないはずだよ。その手が荒れたのって去年の末でしょ？」

「ええ」

「だから宮本くんが前に言ってたとおり、ただの小さなバグだよ。単なる体質で地震とは何の関係もない。偶然に決まってる」

僕は断言した。それなりに説得力のある理屈を捻《ひね》り出して、できるだけ感情的にならないようにした。一般的に見ておかしな話ではないはずだ。常識の範疇《はんちゅう》だ。

これで納得してくれないようであれば、いよいよ彼の神経は——

「ですね」

宮本くんは言った。

「おっしゃるとおりやと思います」

より丁寧に言い換える。皮肉な意味合いは少しも感じられない。硬かった表情が穏やかになっているように見えた。

通じたのか。考え過ぎだと分かってくれたのか。

僕は安堵《あんど》しながら煙草を深く吸った。

「予知やない。天気とは勝手が違う。聞いてたら腑《ふ》に落ちました」

「うんうん」

「ありがとうございます」

「いやあ、全然」

緊張が解けていく。僕は煙草を灰皿に押し付けて、

「まあ、こんな非常事態が起こったら、色々――」

「おかげで確信できました」

「え？」

「よう分かりました」

宮本くんは両手を奇妙に動かすと、

「因果関係を逆に考えてました。地震が起こるのを感知して手が荒れるんやない。手が荒れるから地震が起こるんです。僕が……僕のこの手が地震を起こしてるんや」

無感情に言った。頭上から降り注ぐ蛍光灯の光が、引き攣った顔を照らしていた。

下半身が浮くような感覚を覚えていた。服の下が一気に湿り気を帯びる。

体温が下がるのが分かった。僕もまた確信していた。

宮本くんは——本当におかしくなっているのだ。

頭の中、見えないところにバグが発生しているのだ。それも大きな、決定的なバグが。

おそらくは今回の地震のせいで。

「駄目だよ……そっちは危険だ」

僕の口から出たのは訳の分からない言葉だった。

「そういう考え方は健康的じゃない」

遠回しな否定の言葉を何とか捻り出すと、

「分かってます」

宮本くんはあっさり返した。

「偶然やと考えるのがまともなんは分かってます。でも考えてもうたら、ずっと頭の中でぐるぐる回ってもうて」

「ストレスだよ」

「そうやと思います。でもあの時は祖父ちゃんも祖母ちゃんも、友達も」

彼の目がみるみる潤《うる》んだ。ぽろりと右目から涙が零《こぼ》れ落ちる。

「今回はもっと酷い。何千人も、あんな、つ、つな——」

「宮本くん」

僕は彼の言葉を遮《さえぎ》った。頭の中にはテレビで散々観た光景が広がっていた。押し流される大量の車。家屋。揺れる画質の悪い映像。そして知らない誰かの悲鳴。

「もっかい言うけど、ただの偶然だよ。人がたくさん死んだのも全部。因果関係なんかない。あったとしても特定の個人のせいじゃない。絶対に違う」

考える前に話していた。

自分の言葉が胸に突き刺さり、心と身体をますます冷たくしていた。偶然、不運に過ぎないのだ。地震も津波も、大勢の人が亡くなったのも、未《いま》だに行方不明の人がたくさんいるのも。三陸沖の海底で断層がずれた。ただそれだけの話なのだ。

意味や因果関係があった方がはるかに安心できる。たった一つ見つかれば尚更《なおさら》だ。見つからなければ捏造《ねつぞう》したくもなる。

文字どおり「手元に」求めたくなるだろう。

誰かのせいだと思った方がまだ感情を処理できるだろう。自分のせいだと信じ込んでしまう人もいるだろう。

宮本くんがこんなことになった理由を察して、僕まで泣きたくなっていた。

彼は声もなくぽろぽろと涙を流していた。

再び呼びかけると、彼は目元を拭って言った。

「すいません、他に誰も相談できる人おらんくて……」

「いいよ」

僕はそれだけ返した。何の慰めも思い付かなかった。また煙草に火を点けて、無言で吸い続けた。

泣き止んだ彼が仕事の話を始め、僕はそれに乗っかって上司の愚痴《ぐち》を零した。しばらくは取り留めのない話をし、煙草を揉《も》み消したところで切り上げ、給湯室を出た。

それで終《しま》いだった。

以降は持ち直したらしく、かつての明るく健康的な彼に戻っていた。

六

翌年に会社を辞め、フリーの編集者兼ライターになった僕は、それから無我夢中で働いた。伝手《つて》のない出版社に営業をかけて門前払いされたり、手痛いミスをして一度っきりで切られたこともあったが、くじけず目の前の仕事に取り組んだ。

風の便りに「宮本くんが辞めた」と聞いたが、連絡はしなかった。趣味で書いていた小説を公募に送ったら受賞し、「小説の著者」という未知の仕事に取り掛かっていたせいだ。

彼はアイドル誌の編集をしている、いやそこもすぐ辞めて今はゴシップ中心のウェブマガジンで働いている——そんな話も耳に届いた。

二〇一七年の夏のことだ。

とあるビジネス誌に「仕事に関するエッセイを二千字で書いてくれ」と依頼され、僕は勤めていた出版社での経験を書いた。三年目で経験したトラブルと、その時にした上司との遣《や》り取りを軸に、普遍性がありそうな結論を導き出す。小説家の仕事にも役立っているのかもしれない、そんな風にまとめる。ありがちだが実感しているのは事実だ。

事務所のパソコンで原稿をメールすると、担当編集者から電話がかかってきた。挨拶もそこそこに、彼はこんなことを切り出した。

「以前お勤めの出版社って○○ですか？」

「ええ」僕は答える。業界関係者には分かる書き方をしたから、気付かれてもおかしくはない。意外だったのは次の発言だった。

「宮本って知ってます？」

「えっ、はい」

「あいつ同級生なんですよ、高校の」

担当氏は言った。口調にかすかな関西訛《なま》りがあることに遅れて気付く。僕は思わず口元を緩めた。世の中は狭いなと呆れていた。

「宮本くんって今何やってるんですか。全然連絡してなくて」

何気なく訊ねる。

「ウェブマガジンに勤めてましたよ」

聞いていたとおりのことを担当氏は言ったが、少し間《ま》を空けて、

「一昨年まででですけど」

と、意味深に補足した。

「辞めたんですか」

「はい、事故で怪我したんです」

悲しげな口調で彼は言った。

最初に思ったのは「またか」だった。

かつての先輩が、上司が、同期が、不幸に見舞われることは辞めてから何度かあった。あの氷川さんは糖尿病で足の指が腐って入院しているらしい。吉岡くんは結婚してすぐ双極性障害になって、今は奥さんと実家に帰っている。高校の同級生の一人は三年前に突然死した。原因は全く分からないそうだ。

珍しいことではなくなっていた。それでも胸を痛めずにはいられなかった。

「怪我って……」

「自分も詳しくは聞いていないんですが、それまでの仕事はできないみたいで」

彼は曖昧《あいまい》に言った。重傷なのか。後遺症が残っているのか。

僕は健康優良な彼の顔を思い出していた。

荒れた手も、ピンクの手袋も。

そして給湯室で泣いていた彼の姿も。

送別会で僕の手を両手で握り締めて、「おつかれさまでした」と何度も言っていた彼のことも。彼の手のすべすべした感触と温もりも。

辞めてからずっと連絡しなかったこと、関係を断っていたことが、今更になって申し訳なく思えた。

「連絡先はご存じですか、僕が知ってるのは〇九〇の……」

「あ、今はそれじゃないですね」

彼は電話番号を告げる。僕は手元の紙に書き記すと、お礼を言って通話を切った。すぐに宮本くんに電話した。

二十コールまで数えたところで、留守番電話サービスに繋がった。単に間が悪かっただけだと自分を納得させる。事務所の表の灰皿の前で煙草を吸っていると、ポケットの中で携帯が震えた。

さっき打ち込んだ番号だった。

「すみません、宮本です」

元気な声に安堵の溜息が漏れた。

「澤田です。ご無沙汰しています」

そう告げると彼は「お久しぶりです」と感慨深げに言った。

「小説読んでますよ、全部」

「ありがとう」

「次のご予定は」

「秋に長編が出る。あと雑誌で短編がちょこちょこ」

「へえ、楽しみやなあ」

「あのさ、宮本くん」

僕は一呼吸置いて、

「事故ったって聞いたけど、大丈夫？」

と単刀直入に訊いた。

「……ええ」

答えが返ってくる前に少しの間があった。

「今は元気ですよ。仕事はなかなか見つかりませんけど、まあ生きとったら何とでもなりますよ」

妥当な言葉を探していると、

「もう何も起こりませんからね、二度と」

彼は不意にそう口にした。確信のこもった朗《ほが》らかな声だった。意味を摑みかねて「そうなんだ」と無内容な言葉を返すと、

「今度遊びに来てくださいよ。　嫁も会いたがってます」

「結婚したんだ?」

「ええ、病院で仲良くなって。看護師なんですよ」

彼は幸福そうに言った。ふさぎこんではいないらしい。事故の後遺症――例えば脳に障害が残ったりはしていないようだ。だとすればさっきの奇妙な間は何だろう。

気になりながらも僕はスケジュールを確認し、彼と会う日をその場で決めた。


待ち合わせ場所は国立《くにたち》駅の南口だった。

平日の午後一時四十五分。早く着いたので近くの喫煙所で煙草を吸い、日差しに目を細めながら人込みを眺める。宮本くんらしき人はいない。

手土産《てみやげ》の洋菓子の袋を持ち直すと、僕は改札の前に足を進めた。

ショートメールでも送ろうか。いや、急《せ》かしているみたいでよくない。そんなことを考えながら柱にもたれ、携帯を見つめていると、

「おつかれさまです」

声をかけられた。

見慣れた丸刈りの、健康そうな男性が立っていた。

傍らには小柄な女性が立っていた。

「たいへんご無沙汰しております」

宮本くんは笑顔でお辞儀した。　答えようとした瞬間、僕は息を呑んだ。

彼は黒いTシャツを着ていた。　太い腕が覗いている。

手首から先には何もなかった。

先端は丸まっていて、大きな縫い跡が白く引き攣れている。　右手より左手の方が少しだけ短い。

両手を失った宮本くんが、僕をニコニコと見つめていた。

「ええと……」

僕の口から間抜けで無意味な言葉が漏れていた。視線に気付いたのか、彼は「ああ」と
両腕を掲げると、

「電車にぶつけたんです」

ごくごく軽い調子で言った。

「た……大変だね」

「全然ですって。最近はこっちから電話もかけられるようになりましたし。な？」

隣の女性に声をかける。彼女は穏やかに笑って名前を名乗った。

僕は簡潔に自己紹介を済ませると、

「まあ無事でよかったよ。元気そうではあるし」

作り笑いで言う。

「元気ですよ。それに」

両腕で力瘤《ちからこぶ》を作る仕草をしてみせると、

「もう地震も来ません。僕が未然に防いだんです」

宮本くんは誇らしげに胸を張った。

僕は何とか「へえ」と答えた。

奥さんの笑顔にふっと、影が差したように見えた。

他愛もない話をしながら彼の家に向かう間、僕はずっと考えていた。家で茶菓子を食べている間も、雑談をしている間も、帰りの電車でも。家に帰ってからも、そして今これを書きながらも。

彼の言葉の意味を探っていた。

電車にぶつけた。未然に防いだ。

つまり事故ではなかったのではないか。自分の意志だったのではないか。

宮本くんは自分から電車に両手をぶつけたのではないか。

理由は考えるまでもなかった。

今も何ヶ月かに一回、彼から電話がかかってくる。液晶に浮かぶ彼の名前を見る度に、
僕は想像してしまう。

駅のホームに転がる、切断された両手。
その指先は滅茶苦茶にひび割れていて、掌の皮はぼろぼろに剝《は》がれている。

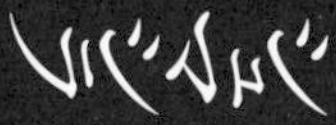

食玩《しょくがん》、と称される玩具がある。平たく言えば菓子に付いたオマケだ。テレビの特撮番組やアニメのキャラクターの食玩もあれば、恐竜や猛獣、深海生物といった実在の生物の食玩もある。建造物や車の食玩も当然ある。それぞれに根強いマニアがいるし、食玩なら何でも集める人間も、特定のメーカーの食玩のみ集める人間もいる。コレクターと呼ばれる人々だ。

彼ら彼女ら一人一人のルールやこだわりを聞くのは大変興味深いが、油断すると逆鱗《げきりん》に触れるので注意が必要だ。社会人になったばかりの頃、グリコの食玩コレクターの先輩に何気なく「オマケもこんなに種類があるんですね」と言ったところ、

「オマケじゃない、おもちゃだ。江崎《えざき》グリコ株式会社はオマケという呼称を使わない」

と、鼻息も荒く訂正されたことがある。

私はマニアでもコレクターでもない。彼ら彼女らの情熱には尊敬の念を覚えるが、自分もやってみようと思ったことは一度もない。というより、蒐集《しゅうしゅう》という行為は意図してするものではないのだろう。気が付いたら蒐集している。夢中で買っていたら結果的に蒐集していた。きっとそういうものだ。

だから私は初めの一歩すら踏み出す資質に欠けていることになる。

そんな私でも一つだけ、熱心に集めていた食玩があった。小学生の頃に近所のスーパーで売っていた、「スーパージョイントロボ」というロッテの食玩オリジナルのシリーズだ。時期は一九九一年か九二年頃だろう。

シリーズ自体は七〇年代から続いており、数年ごとにリニューアルしていたようだが、私が触れた当時は高さ十センチに満たない簡素なプラモデルだった。善玉のロボットが五体、悪玉が五体。四角い箱の中にはプラモデルの他に角丸正方形の厚紙が入っており、表にはロボットのイラストが、裏には組み立て図が描かれていた。

菓子は特に美味《おい》しくもない、クリーム色の板ガム一枚のみ。

鮮明に記憶しているのは悪玉ばかりで、善玉はほとんど覚えていない。悪玉はいずれも動物をモチーフにしており、例えば「キングオロチ」というロボットは、組み立てるとこんな形態になる。

生物的なデザインの甲冑《かっちゅう》を身に纏《まと》った、蛇面人身の屈強な怪物、といった出で立ち。首を伸ばすと根元から、ロボット然としたもう一つの顔が現れる。第二の顔は蓄光素材でできており、光に当ててから暗闇に持ち込むとぼんやり光る。

顔が光るギミックには正直さほど惹《ひ》かれなかった。私が魅力を感じたのはロボットの顔が出てくる点だ。きっと顔が現れた時の方が「強い」形態なのだ、と想像を膨《ふく》らませた。

他の悪玉ロボット「クラブバード」「ザイラーマークⅢ」「ゴングバロン」「クワガタラン」も同様の可変ギミックが仕込まれており、私は彼らを変形させて善玉と戦わせ、無数の物語を紡《つむ》いだ。悪玉内で序列や相関関係を設定し、友情や裏切りのエピソードも実演した。

今と違ってインターネットもなく、公式設定やバックグラウンドストーリーをすぐには調べようがなかった時代。手がかりは厚紙に描かれた、火を噴いたりポーズを決めたりするロボットたちのイラストだけ。少なくとも当時の私にとって、スーパージョイントロボは空白だらけだった。だからこそと言っていいのか、私はその空白を埋めるかのように、自由に好き勝手に妄想して遊んでいた。

そうした純粋な情熱は今はもうない。集めたプラモデルは上京する際全て捨ててしまった。物作りに携《たずさ》わることも、玩具メーカーや食玩製造会社に勤めることもしなかった。

現在の私は都内の建築会社に勤めるサラリーマンで、スーパージョイントロボで遊んだ経験を活《い》かす局面などあるはずもない。が、ふとしたきっかけで思い出し、人に話して聞かせることがある。同世代でもごく一部にしか通じない懐かしネタだが、意外なほど興味を示す人がたまにいる。仕事の話題以外は「とりあえず」野球か子供か夜遊びの話。そんなルーティンと化した雑談や酒席が多い中、スーパージョイントロボの話が弾《はず》むのは日常のちょっとしたアクセントだった。

しかし私はどこかで羽目《はめ》を外してしまったらしい。

社内の人間、あるいは取引先の相手が食い付いたことに気を良くして、熱く語ったことが幾度かあった。その多弁が巡り巡って愛好家の耳に届いたらしい。

ある休日の午後、熱心な食玩コレクター、柳《やなぎ》が我が家を訪れた。

「いやいや、これは失礼しました」

柳は広い額《ひたい》を叩いた。私より少し年上――四十代半ばくらいの、ひょろりとした男性だった。老舗《しにせ》の呉服屋を営んでいるという。服装は地味だが品がよく、高価なのは何となく察しが付いた。

私がコレクターでないと分かると、彼はすぐに早合点《はやがてん》そして突然の訪問を詫《わ》びた。どこかで伝言ゲームになったらしい。何度も謝る彼に私は言った。

「仕方ないですよ。この歳で独身で浮いた話の一つもないし、陰気な人間ですから。『筋金入りのマニアかコレクターに違いない』などと誤解した人がいてもおかしくない」

「いやあ、それはそれで失礼な話ですよ。偏見ですからね、偏見」

コーヒーを一口啜《すす》ると、彼は「ああー」と大きく息を吐いた。

「こちらこそ申し訳ないです。交換や売買ができなくて……」

「あ、違います違います」柳は頭《かぶり》を振って、「そういう目的で来たんじゃないんです。単に話を訊《き》きたかったからなんですよ。メールや電話で言うより間違いがないので。要するに情報収集と言いますか……もうね、藁《わら》にもすがる思いで来たんです」

「藁くらいお役に立てばいいですが」

ハハハ上手《うま》いこと仰《おつしや》いますな、と柳は笑いながら飴《あめ》色のブリーフケースに手を突っ込む。中から取り出したのは大型のタブレットだった。画面を叩いてこちらに差し出す。

映っているのは知らないロボットのイラストが描かれた、四角い箱だった。「ジョイントウォリアーズガム」とロゴが載っている。

「こちらですね、ちょうど太陽パワーメカロボシリーズが展開されてた頃に発売された、いわばバッタもんですね」

柳が説明する。「太陽パワーメカロボシリーズ」とは、私が熱中していた当時のスーパージョイントロボのシリーズ名だ。「バッタもん」つまり便乗商品であるところのジョイントウォリアーズは、カトドヤなる製菓会社が製造販売していたという。

「カバヤでもカドヤでもない、カトドヤです。胡散臭《うさんくさ》いですよねえ。当然、今現在はありません」

「ロッチみたいなものですか」

私たちは軽く笑い合い、本題に戻る。

続いて液晶に表示されたのは、素人目《しろうとめ》にも粗雑なプラモデルが、十体並んだ画像だった。

本家も決して精巧とは言い難《がた》いが、これは更に酷《ひど》い。バランスが悪いのか、どれも直立できていなかった。

「どうせならこれも集めてみようと思いましてね。意外とすぐ揃いましたよ。ネットオークションと、後は中野のまんだらけで」

近所の有名なコレクターズショップの名前を挙げる。あそこなら大抵の物は揃うだろう、と納得していると、

「これはね、未確認動物、いわゆるUMA《ユーマ》をモチーフにしたロボットなんですよ」

「ほう」私は思わず声を上げた。懐かしい言葉に酩酊《めいてい》にも似た感覚を覚える。

「見た感じは分からないですよね。でもこの左端のロボットがネッシーをモデルにしたネッシラス、その隣はイエティラス、キャディウス」

柳は指差しながら名前を挙げていく。どうやら悪玉ロボットは海外のUMAを、善玉は日本のものをモチーフにしているらしい。パッケージの裏に全キャラクターの全身像と名前が書かれており、彼は時折その画像を開いて確認していた。

「それで、ですね」

九体まで名前を言ったところで、彼は殊更《ことさら》な間《ま》を置いた。こちらに目配《めくば》せすると、

「残り一体、この善玉が気になってましてね」

と、右端のロボットを指す。

他よりかなり小柄だが、手が極端に長い。背中には炎のような造形の突起が生《は》えている。

光背《こうはい》だろうか。両肩にはミサイルらしき円錐《えんすい》形の出っ張り。顔には大きなゴーグル。口は歯を剝《む》き出しにしていた。犬歯は尖《とが》り、ほとんど牙《きば》と言っていい。

「あっ、分かりました」

私は手を叩いた。

「これ、ヒバゴンがモチーフじゃないですか」

七〇年代に広島の山岳で目撃された、類人猿型UMA。町おこしのキャラクターになったほど有名だが、目撃例は永らく途絶《とだ》えているはずだ。久々に言葉にして不思議な高揚感と、気恥ずかしさを覚える。

「……と思いますよね。違うんです」

柳はここで表情を引き締めると、

「これ、シュマシラっていうんですよ。シュマシラ」

と言った。

シュマシラ――と、鸚鵡《おうむ》返しに口にしてみたものの、それらしいUMAは頭に浮かばない。記憶を振り絞っても出てこない。

「ね、分からないでしょ。かすりもしないでしょ」

すっかり砕《くだ》けた口調で彼が言い、私は「全然ですねえ」とつられて返す。日本で有名な猿あるいは類人猿型のUMAはそう多くない。私が知っているのは先に挙げたヒバゴンと、後はヤマゴンくらいだ。野人、と言いかけて中国のUMAだったことにすぐ気付く。

私は早々に降参した。

「創作じゃないですか。カトドヤの人がでっち上げた名前。つまり元ネタも何もない」

バッタもんの食玩に一つだけオリジナルがある、創意工夫の痕跡がある。それはそれで味わい深くて面白いだろう。

そう伝えると、柳はウウムと呻《うめ》いた。

「全くのオリジナル、というわけでもないんですよね。というのも由来らしきものはあったんです。UMAではないんですが」

「由来？」

「ええ」柳は画面を撫でる。白黒の古文書らしき画像データが現れる。すぐにピンと来た。

これは『山海経《せんがいきょう》』だ。

中国最古の地理書、というのが学術的な定義だが、地理のみならず伝承の類《たぐい》も多く記載されている。特に有名なのが辺境に棲まう生物たちの記述だ。実在するとは思えない、ユーモラスだったり奇怪だったりする生物たちは「妖怪」「幻獣」と呼ぶに相応《ふさわ》しい。

漢の時代に成立したらしいが、それよりずっと以前から加筆や改訂が重ねられたという。おそらくは当時の知識階級の人々も、伝え聞く妖怪の話に想像の翼を広げ、書き加えていったのだろう。自由に膨らませて遊んでいたのだろう。

柳は画像の文章を指でなぞりながら
「ここにですね、朱厭《しゅえん》っていう獣のことが書かれています。猿に似て脚が赤い、ともね。その辺りから考えて、シュマシラはおそらく朱猿って書くんでしょう。マシラは猿の古い言い方です」

「ってことは、名前はここから」

「そもそもはね。でも直接じゃないはずです。中国の妖怪ですから」

タブレットを置くと、

「シュマシラ、あるいはそれに近い名前で呼ばれていたUMAが、日本のどこかにいたんじゃないかと思うんです。ごく一部の地域で目撃されていた未確認動物が、『山海経』に因《ちな》んだ名前で呼ばれていた。それがこのジョイントウォリアーズの名前になった。私はそれを確かめたくてこうしてうかがったんです。何かご存じじゃないかと思いましてね」

彼の性《さが》なのだろう。所有欲が物品のみならず情報にまで向けられている。モノを蒐集するだけでは飽き足らず、それが何であるか、どういう経緯で製造販売されるに至ったのか、把握しておかなければ気が済まないのだ。

しかし。

彼の心理は理解できなくもなかった。むしろその真剣さに敬意すら抱いた。

「……すみません。やっぱり藁くらいの役にも立ちませんでしたね」

私は心の底から詫びた。興味深い話ではあるが自分は何の力にもなれない。とんだ無駄足を踏ませてしまった。

「とんでもない」

柳は再び笑顔になると、

「これでシュマシラが気になる人が一人増えました。お顔を見たら分かります。気付いたり、思い出したり、調べて分かったことがあったら是非教えてください。お代はお支払いします」

屈託なく言った。

巻き込まれた、唆《そそのか》されている。そう思ったが少しも腹は立たなかった。お代は幾らくらいだろう、という下心も湧いていた。

そして柳の言うとおり、シュマシラが気になっていた。

「何とかロボの次は未確認動物かよ」

私は同僚や友人たちにそうからかわれるようになった。子供じみているのは承知だったが、興味を抱いてしまった以上仕方がない。それに私ができることは周囲に訊くことくらいしか残っていなかった。問い合わせるべき筋、目立った識者には、既に柳が連絡していたのだ。

ネットのＵＭＡコミュニティの掲示板、および管理人。

この手の記事を雑誌に寄稿し、著作を刊行している熱心な「専門家」「研究家」。いずれも「知らない」「調べてみる」と返事があったきりで、続報はないという。菓子の箱や厚紙にクレジットは記載されておらず、製作に携わった人間を突き止めることはできないそうだ。だから私なんかに話を訊きに来たのか、と合点が行った。

私と柳は時折連絡を取り合い、進捗《しんちょく》を確認した。もっとも実際のところは「進んでいない」と最初に互いに報告し、後の数十分は食玩に関する雑談をするだけだったが。

事態が動いたのは柳に会った二ヶ月後のことだった。

昼食を終えて会社に戻ると、廊下で声をかけられた。総務部長の川勝《かわかつ》さんだった。五十代半《なか》ば。白髪をオールバックにして、季節を問わず薄い濃紺のジャンパーを着ている。いつも不機嫌そうで社内風紀にやたらと厳しく、特に喫煙ルームが少しでも汚れていると連絡会議で懇々《こんこん》と説教する。私は彼が笑っているのを見たことがなかった。

「君、ネッシーの類が好きなの？」

彼は怒ったような顔で訊いた。

「最近そんな話を触れ回っているそうじゃないか」

社内風紀的にマイナスなのだろうか。説教でも始めるつもりなのだろうか。そんなことを思いながら、私は「嫌いではないです」と曖昧《あいまい》に答えた。話して回っているのは知人の手伝いをしているからだ、とこれも曖昧に説明する。

彼は不満そうに溜息を吐《つ》くと、周囲を見回した。

何が始まるのかと身構える。

「俺は大好物だよ」

川勝さんは声を潜めて言った。

「……え？」想定外の発言に私はそんな声を漏らしてしまう。

「何について調べてるんだ？　昔の？　それとも最近の？　その知人の方はどういう人？」

普段と全く同じ口調で質問を重ねる。それが逆に私を混乱させる。

「いや待ってくれ。本日の業務が終わってから教えてくれるかな。食事は奢《おご》る。ただし酒は駄目だ。この手の話は素面《しらふ》でするのが俺のルールでね。場所も行きつけの、遅くまでやっている食堂とさせてもらう」

鋭い目でこちらを睨《にら》み付ける彼に、私は「分かりました」と答えるしかなかった。

川勝さんとの食事そして話し合いは、午前一時にまで及んだ。終電を逃した私に、彼は「このことは内密に頼む」と一万円札を突き付けた。

彼は若い頃から、密《ひそ》かにＵＭＡを愛好していたという。その手の書物を買い漁《あさ》り、ネットフォーラムに出入りして情報を交換し、必要とあれば学術論文にすら当たる。

積極的に発信したいと思ったことは一度もなく、妻子にも内緒にしているそうだ。秘密主義のマニアがいることは知識として知ってはいたが、目《ま》の当たりにするのは初めてで、私は驚くとともに嬉しくなった。

が、そんな川勝さんもシュマシラについては知らなかった。

「狐狸《こり》妖怪の類じゃないか」

「というと……」

「君も読んだことがあるだろう。河童《かっぱ》や妖精も一緒に載った未確認動物の本だ」

「……河童はあったような気がします」

「要は神話伝承の存在とUMAをごっちゃに載せているわけだ。作り手に深い意図があったとは思えない。『似たようなものだ』と安易に載せたんだろう。シュマシラもそうしたケースじゃないかな。そしてジョイントウォリアーズの製作者はそんな本を参照した」

「でもシュマシラなんて妖怪、聞いたことないですよ」

「知名度のないローカルな妖怪なんて幾らでもいるさ。なんたってUMAとは歴史が違うからね」

この先は妖怪マニアに訊くのが妥当かな、と川勝さんは提案した。

同意はできたが私は途方に暮れていた。ますます摑《つか》みどころが無くなっている。そんな気がしたからだ。真面目に調べるのが馬鹿馬鹿しいとも思うようになっていた。

「しかしまあ、ごっちゃに載せるのも一概に間違いとは言えないんだな」

川勝さんは厳しい表情で言った。

「本を作った連中はいい加減と言っていいだろう。だが妖怪もＵＭＡも似たようなものだ、という考え方もできる。こんな言説があるだろう──ＵＭＡは現代の妖怪である」

「水木《みずき》しげるが言ってませんでしたっけ」

「本人の発言かは定かじゃないが、監修した子供向けの妖怪本に書いてあったはずだ。これは正鵠《せいこく》を射ている。どっちも目撃情報や遭遇体験、そして名前が人々の間に伝わるうちに、メディアの中で生まれる存在だからだ。ＵＭＡだからリアルで、妖怪だからフェイクだなんてことは決してない。俺だってＵＭＡなんてどれも実在しないと思ってるよ。いてもいなくても証言や噂はある。その噂がまた人々を動かす。そうした全体像が面白くて、この歳まで夢中でいられるのかもしれないな」

彼はどこか気恥ずかしそうに言った。

川勝さんに柳の連絡先を教えたところ、二人は妙に仲良くなった。分野こそ違えど愛好家同士、通じる部分があったのだろう。

彼らは妖怪マニアに聞き込みを続けた。私はこれといってするべきことも思い付かず、二人とたまに遣《や》り取りするだけに留めた。

参照元が特定された、と川勝さんから聞いたのは半年後のことだ。ジョイントウォリアーズの製作者たちが読んだと思《おぼ》しき書物が、彼の地道な調査で判明したのだ。『日本の奇奇怪怪生物大全科』という子供向けの本の初版だった。ナナ書房という今は無き小さな出版社から、一九八二年に刊行されたものだ。記載されている「奇奇怪怪生物」は妖怪が七割、UMAが二割、残り一割は映画の怪獣で、カバーイラストはゴジラともゴロザウルスともつかない緑色の稚拙《ちせつ》な怪獣だった。だから川勝さんのアンテナには引っ掛からなかったらしい。所有していたのは伊豆《いず》に住む五十代の、妖怪グッズのコレクターだった。

私と柳は例の食堂で、川勝さんにページのコピーを見せてもらった。先方は本が傷むと難色を示したが、川勝さんが根気よく交渉した結果、貸し出すよりはとしぶしぶコピーして送ってくれたという。

先《ま》ずは他のウォリアーズの名前の由来となった、九体の未確認生物の実物大コピー。ネッシー、イエティ、キャディといった有名どころが、イラストより挿絵と呼んだ方がしっくりくるタッチで、一ページに一体ずつ描かれている。ページ右上には名称、下段には解説が書いてあった。

「そしてこれが皆さんお待ちかねの――」

川勝さんがパラリと紙を捲《めく》った。柳が身を乗り出し、私もそれに続く。

〈シュマシラ〉と名前が書かれていた。

手の長い大猿が、木々をへし折ってこちらに牙を剝いていた。手前には蓑《みの》を纏った猟師らしき人の姿。

大猿の毛はあちこち抜け、頰《ほお》は痩《や》せこけている。飢えているようにも病《やまい》に冒《おか》されているようにも見える。

見開かれた両目は真っ黒だった。

〈播磨《はりま》国の山奥に住む妖怪。百年生きた猿の変化したものとも言われ、毛は赤く、獣の生血を啜ることから狒々《ひひ》の仲間であろう。当地ではシュマシラが目撃されると戦争が起こると伝えられており、現在のところ最後に目撃されたのは一九四一年の初春であった。この年の末に太平洋戦争が始まったのは歴史的事実である〉

「なるほど、なるほど」

柳が大袈裟《おおげさ》に膝を打った。

「これ、朱厭の言い伝えと一緒です。こいつが出てきたら戦《いくさ》が起こるって書いてありました。要するにこういうことじゃないですか——昔々、播磨の山で猿が目撃されました。ほどなくして戦が起こりました。それを受けて近くの物知り爺さんか誰かが『あの猿は朱厭だったのだ』と解釈し、人々に伝えました」

「そして」と川勝さんが引き継いだ。

いた。柳は目を潤《うる》ませて、川勝さんに何度も礼を言った。

「時が経《た》つうちに朱厭は朱猿、そしてシュマシラと呼び名が変わっていきました――」

それが妖怪シュマシラの生まれた経緯、というわけか。私は「すごいですね」と手を叩いた。柳は目を潤《うる》ませて、川勝さんに何度も礼を言った。

これで柳の目的は達成できたことになる。ジョイントウォリアーズの不明点が解決し、マイナーな妖怪について知ることができた。物品とその情報を、ともに所有できたわけだ。

私たちは祝杯をあげた。川勝さんも「一杯だけ」と酎ハイを注文し、気持ち良さそうに飲んでいた。金曜だったのをいいことに朝まで盛り上がり、私は土曜をまるまる布団の中で、頭痛に苛《さいな》まれて過ごした。

二日酔いは辛《つら》かったが、私は幸福だった。自分は何ら貢献していないが、愛好家と関わり、彼らの情熱と行動力を間近で見たこと、そして知的好奇心が刺激され満たされたことで、清々《すがすが》しい気持ちにさえなっていた。

川勝さんが行方不明になったのは翌月のことだった。

日曜日に突然「出かけてくる」と家を出て、そのまま帰ってこない。携帯も繋《つな》がらない。警察の捜査で、新幹線の乗車券と特急券を最寄駅で買ったことが分かった。クレジットカードの履歴から判明したそうだが、乗車したかどうかまでは調べがついていない。行き先は姫路《ひめじ》駅だった。

会社の人間から伝え聞いて私は直感した。柳に連絡すると「私もそう思います」と同意を得た。

姫路は播磨だ。川勝さんはシュマシラに会いに行った可能性が高い。

もちろんそれは比喩《ひゆ》表現で、実際のところは現地で伝承を聞いたり、限りなく一次資料に近いものに触れようとしたのだ。ある程度場所を絞り込んで足を運んだのだろう。その最中、何らかのトラブルに巻き込まれたに違いない。事故か、あるいは事件か。

私は上司に一応の相談をしてから、警察にそのことを伝えた。直接参考になるとはさすがに考えにくいが、足取りを追う手がかりにはなるだろう。いや――なってほしい。

翌週の土曜、私は川勝さんの妻から連絡を受けた。

捜査に進展があったという。

姫路駅を下りた川勝さんは電車を乗り継ぎ、S郡のN町というところに向かった可能性がある。岡山との県境に位置し、山に囲まれた小さな町だそうだ。

「パソコンのネットの閲覧履歴に、N町へのルートを調べたものがありました。教えていただいた姫路の話とも一致します」

電話の向こうから聞こえる彼女の声は弱々しかったが、同時に困惑しているようでもあった。私もまた戸惑っていた。思わず疑問が口を衝《つ》く。

「どうしてそんなところに……」

「動物園があるんです」

「え？」

「N町の宝根山《たからねやま》というところに、小さな動物園があります。山羊や兎がいるそうですが、一番の目玉は猿だそうです」

「猿」

私は無意識に繰り返していた。

猿の妖怪を調べるために、現地の動物園の猿を見に行くのは不可解だ。というより馬鹿げている。雰囲気だけでも味わいたかったのだろうか。マニアとはそういうものなのだろうか。ここへ来て彼の心理がうかがい知れなくなり、私は戸惑った。

「……実はもう一つ、分かったことがあります」

彼女が言った。

「主人は半月前にも一度、姫路に行っているんです。カードの履歴から分かりました。その時は隣のT郡で、道行く人に聞いて回ったみたいですね。何とかという名前の妖怪を知らないかと」

「警察がそこまで調べたんですか」

「いえ。昨日、主人のパソコンにメモが残っているのをわたしが見つけました。最初は意味が分かりませんでしたが、そちらのお話を思い出して次第に読み解けたと申しますか……その動物園に行った理由が分かりました」

「何が書いてあったんですか」

彼女はクスリと笑った。呆《あき》れたような慈《いつく》しむような、不思議な笑い声だった。

「お送りします。子供みたいなことが書いてあって、ここでお伝えするのは恥ずかしいので」

私は厚かましくも「なるべく早く送ってください」と言って、電話を切った。自分でも驚くほどメモの内容が気になっていた。

十分後、携帯に彼女からのメモが届いた。


〈T郡A町シュマシラ調査覚書〉
・証言一（推定三十代女性）
……シュマシラと関連すると思しき言葉が残っている。泥棒、あるいは泥棒のように他人のものを奪い取ろうとする人物を指して「しゅま公」と呼ぶことがあった。罵倒《ばとう》語である。現在はごく一部の高齢者しか使っていないという。
・証言二（推定六十代女性）
……シュマシラは昔この山間に棲んでいた猿の名前であり、現在は絶滅している。妖怪の類だと認識したことはないし、親やその上の世代も同様だったはず。「しゅま公」は幼少期に聞いた記憶はあるが、男性が使う言葉だと認識している。それゆえ自分が口にしたことは一度もない。

・証言三（推定四十代男性）

……シュマシラは猿の方言、あるいは幼児語だと認識していた。

昭和六十年前後、幼稚園（現在は廃園）に出張動物園が来たことがあり、羊や豚、兎に紛れて一匹の猿がいた。それぞれの柵には動物の名前と個体名の書かれたパネルが掛かっていたが、猿のパネルには「くみこ（しゅましら）」と書かれていた。羊のパネルには「メリー（めえめえ）」あるいは「メリー（めえめえ／ひつじ）」と書かれていたはず。

猿はニホンザルとは違うように見えた。手が長く痩せていた気がする。大きさは五歳児程度で毛は赤味がかっていた。

・証言四（推定三十代男性、証言三の男性と同行）

……出張動物園は猿を二匹連れていた可能性がある。

猿の柵には設営直後、パネルが二枚掛かっていた。一つは「くみこ」で、もう一つは「ごろう」だった。女性の飼育員が移動用のトラックを何度か行き来して、「ごろう」のパネルを外した。彼女に質問したところ、「おじいちゃんだからね、もう二百歳なんだって」と答えたという。トラック内に「ごろう」がいたのかもしれないが、確かめはしなかった。

証言三の男性はこの件について全く記憶していない。

・仮説一
……シュマシラはこの地域の山間部に棲息《せいそく》していた猿の名称である。うち二匹は昭和六十年頃まで棲息していた。
・仮説二
……シュマシラはニホンザルとは異なる種である。
・仮説三（ほぼ妄想）
……シュマシラは極めて長命である。

『日本の奇奇怪怪生物大全科』に記載されている、一九四一年に目撃されたシュマシラの個体は、昭和六十年前後まで生きていた。それが「ごろう」である。

「くみこ」はまだ生存している。あるいは「ごろう」も。

飼育員の発言は冗談か、証言者の聞き間違いであることは重々承知であるが。
・証言五（推定五十代男性）
……シュマシラについては知らない。

出張動物園は隣のＳ郡の宝根山にある、宝根山小動物園のサービスだったのではないか。

以前は出張も行っていたと聞いたことがある。


翌日の正午。私と柳は宝根山小動物園の前にいた。来る途中の山道には朽《く》ちかけた看板がいくつか並んでおり、迷うことはなかった。

出入り口には色あせた簡素なアーチがあり、稚拙な動物の絵が描かれている。

そこかしこが凹《へこ》んでいる券売機に百円玉を四枚入れる。ボタンが光り、押すとカタカタと音を立てて入場券を吐き出す。それだけのことで私は胸を撫で下ろしていた。

「お札を入れるのは勇気が要りますな」

柳が言って、ポケットから小銭入れを取り出した。

警察はここで飼育員に聞き取りを行った。彼らは川勝さんがここに来たことを認めた。客が少ないこともあってか、彼らのうち数人は当時の川勝さんの服装まで鮮明に記憶していた。

だがそこまでだった。以降の足取りは未《いま》だに摑めていない。

私は柳と相談してこの動物園に行くことを決めた。言い出したのは私だったが彼もそのつもりだったのだろう。急な提案にも拘らず、二つ返事で一緒に行くと答えた。

受付カウンターに入場券を置くと、制服らしき黄色いジャンパーを着た老人が面倒くさそうに摘《つ》まみ上げ、「どうぞ」と呟《つぶや》く。こちらを見もしない。こうした娯楽施設では今や珍しい愛想の無さに、私は驚くと同時に得した気持ちにもなった。世の中にはB級娯楽施設のマニアもいると聞くが、彼らはこうした部分を楽しんでいるのかもしれない。

園内は木々が生《お》い茂り、地面には枯れ草が積もっていた。コンクリートで舗装されているらしいが、覆い隠されてほとんど見えない。

目の前の開けた空間にはいくつか柵が設けられており、中には兎や山羊がいた。どれも餌《えさ》を食《は》んでいるか、丸くなって目を閉じている。飼育員の姿は全く見られない。片隅に無造作に置かれた青い盥《たらい》では、小さな亀が数匹泳いでいた。盥の底には黒ずんだ木屑《きくず》や落ち葉が目立つ。そこかしこに浮いているふやけた茶色い塊《かたまり》は餌だろうか、それとも糞《ふん》だろうか。

柳はぼんやりと周囲を見回していた。

新幹線の車内で、彼は川勝さんについてこう語っていた。

「川勝さんに聞いたんですが、あのヒバゴンは七〇年代の前半にしか目撃されていないそうです。ごく限られた時期しか証言がない。それであれだけ有名になるのがＵＭＡの魅力だとも仰っていましたが……」

真剣な目でこちらを見ながら、

「普通に考えると、ヒバゴンは特定の猿だとするのが自然です。ただの一匹の猿ですよ。山奥に戻ったか、あるいは死んだかした。それで目撃されなくなったんじゃないかと」

「まあ、それが実際のところでしょうね」

「でも、もしその猿に会えるなら会いたい、ただの猿だと分かっていても見てみたい。川勝さんはそんなことも仰っていました。分かるような分からないような感覚ですが、あのメモを読むと、今回のことはそんな気持ちが高じた結果なんじゃないかと思います」

かもしれない、と私は思った。目撃例や噂が伝播《でんぱ》する過程、社会の反応。そうした全体像が面白いと川勝さんは言っていたが、それとは別に「正体を知りたい」という気持ちを抱いてもおかしくはない。むしろ好奇心のあり方としては素直だとも言える。

「声がしますね」

柳が言って私は我に返った。

木の葉がさらさら鳴る音に、きぃきぃと甲高《かんだか》い声が紛《まぎ》れている。

猿の鳴き声だった。

どこの動物園でも耳にする、ニホンザルのものと同じに聞こえた。

宝根山小動物園は山の斜面に沿って設営されており、出入り口が最も高い位置にある。猿の鳴き声は下の方から聞こえている。私たちは坂になった狭い通路を下った。

木々が茂って暗い坂を数分歩いたところで、視界が開けた。

平坦な空間、その中央にはすり鉢状の大きな穴が空いている。

穴の上にはちょうど歩道橋のような橋が架かっており、真ん中を若い飼育員がゆっくり歩いている。手にはバケツと塵取《ちりと》りを携えている。

穴の下から猿の声がしていた。

飼育員は塵取りをバケツに突っ込むと、砂利のようなものをすくい上げ、穴の中に投げ落とした。鳴き声が一気に激しくなり、ばたばたと穴の中が慌《あわただ》しくなる。

猿山ならぬ猿穴だ。この下に猿が飼われているのだ。

私たちは橋に足を踏み入れ、同時に穴を見下ろした。

十四ほどのニホンザルが争うように餌を食べていた。穴の底にはタイヤや木の板がいくつも転がっている。ニホンザルはそれらに登ったり、隠れたりしながら、手にした餌を口に運んでいる。隅の一際《ひときわ》大きな二匹は歯を剝いて吠え、餌を奪い合っていた。

手《て》摺《すり》に「ニホンザル」とだけ書かれた、錆《さび》だらけのパネルが掛かっていた。

「ただの猿ですね」

ハハ、と乾いた笑い声を上げ、柳が顔を上げた。

「川勝さんはどう思ったんでしょう」

私は頭に浮かんだ疑問をそのまま口にする。猿がこんな風に飼われているのを見るのは初めてだったが、それ以外に興味を引くところは一切ない。

川勝さんが満足したとも思えない。

橋を渡り切ろうとしていた飼育員に、柳が声をかけた。

「すみません、猿はここにいるだけですか」

二十歳そこそこと思しきニキビ面《づら》の飼育員は、「はい」とだけ答えた。その顔にうっすら困惑の笑みが浮かぶ。

「どうかされましたか」

「いや、すいません」彼はバケツを持ち直すと、「前もそんなこと訊いてきたお客さんがいはったんで、またかと思って」と関西訛《なま》りで答えた。

川勝さんだ。

私は簡潔に事情を説明し、飼育員は「ああ、警察来ましたね」とうなずく。

「何か変な猿探してて、それでいらしたんでしたっけ」

「ええ、まあ……」

「早く見つかるといいですね。あ、猿やなくてその人がですけど。お客さんがってなるとやっぱり心配なんで」

彼は神妙な顔で言った。穴の下で猿たちがまた喧嘩《けんか》を始めたらしく、激しい鳴き声がする。

川勝さんは出張動物園のことまで飼育員たちに訊いたそうだが、当時勤めていた人間は全員辞《や》めており、記録も残っておらず、具体的に当時何が飼われていたのかは分からなかった。それを聞いた川勝さんは、落胆したようなすっきりしたような、複雑な表情をしたという。

「折角だから一とおり見て回るって仰ってましたね。それがその方を見た最後です。いつ園を出られたのかは分かりません。受付もけっこう席外しますから、その時に出られたんでしょう」

「斜面を滑落《かつらく》するってことは有り得ますか？　ここ、結構な山ですよね」

「柵がありますからそれは無いですね。警察の人らも確かめてましたよ」

嫌な顔一つせず、それどころか丁寧に説明してくれた飼育員に厚く礼を言い、私たちは彼と別れた。坂を上る彼の背中を目で追いながら、私は柳に訊いた。

「どうします？」

「……文字どおり足取りを追いましょうか。見て回るんです。ひょっとしたら何か分かるかもしれません」

警察が見落としたものを私たちが見つけ出せるだろうか。疑問だったがこのまま帰る気にはなれない。

私たちは近くにあった案内図に従い、近くの坂を下った。

ほどなくして、小さな檻《おり》が幾つも並んだ区画に出た。緑色をした円錐形の屋根はところどころ塗装が剝《は》げている。妖精の家か何かを模しているのだろう。辺りにはキノコのような形状をした、緑色の一人掛けベンチがいくつも置かれていた。檻に掛かったパネルもキノコの形をしている。

この区画だけコンセプトがあるらしい。奇妙に感じたが、同時に「いかにも地方の動物園らしい」とも思えた。

狭く薄暗い檻の中に、特に珍しくもない動物たちがいた。歩きながら横目で彼らを眺《なが》める。黄ばんだニワトリたちはせわしなく歩き回り、黄色い粒状の餌を啄《ついば》んでいる。豚は死んだように寝そべり、ポニーはぼんやりと遠くを眺めている。

アライグマだけが何故か鎖に繋がれ、檻のちょうど真ん中で項垂《うなだ》れていた。

猿たちの声が頭上から聞こえていた。

ここに来るまで一度も、他の客に会わなかった。

進むにつれて古びた檻が目に付くようになった。屋根には大きな穴が空き、その縁《へり》は錆びてボロボロになっている。中にいる羊や猪も、ついさっきまで野山を駆け回っていたかのように汚れている。

周囲の草も伸び放題に伸びており、私と柳は何度か手で払い除《の》けながら進まなければならなかった。

先を行く柳が「おっ」と声を上げたのは、道を阻《はば》むように伸びた太い木の枝をくぐった直後のことだった。

「ここまで行くと味が出ますねえ」

振り返った柳が汗まみれの顔を弛《ゆる》める。右手の檻のことを言っているらしい。

檻は屋根も格子《こうし》も全て、分厚い錆で茶色くデコボコになっていた。その向こうに並ぶ檻も、反対側、左手にある檻も同様だ。

「どうでしょう」

　私は曖昧に答えた。これはもうB級だ珍スポットだと面白がれる次元を超えている。いや――下回っていると言った方がいいのか。ただ杜撰《ずさん》なだけで、柳の言う味わいなど微塵《みじん》も感じられない。衛生管理ができているとは思えないし、餌も満足に与えていないのではないか。

　こんなところで飼われている動物たちを憐《あわ》れに思いながら、私は手前にある檻を覗《のぞ》き込んだ。瞬間、「えっ」と声が出てしまう。

　檻の中には高さ三十センチほどの石が置かれていた。

　石像、と呼んだ方がいいのかもしれない。磨耗して輪郭《りんかく》しかなくなった、地蔵のように見えなくもない。だが前掛けも頭巾《ずきん》も着けていないし、供え物も見当たらない。

　格子に掛かったパネルは錆に覆われていたが、辛《かろ》うじて読める箇所があった。

〈**伊勢國**《いせ》　**ふきめ**〉

　聞いたことのない名前に私は戸惑った。古い地名が記されているのも気になった。それ以前に檻の中には石しかないのだ。

　向かいの檻の前で、柳が「むむう」と呻き声を上げた。

　彼が覗いている檻には、形も大きさも瓢簞《ひょうたん》のような石が横たわっている。

〈**大和國**《やまと》　**のつち**〉

パネルの文字はやはり不可解だった。
その先の檻も同じようなものだった。大きさも形状も様々な石だけが中に置かれ、パネルにはどれも昔の地名と、意味不明な平仮名が書かれている。
〈琉球《りゆうきゆう》國　まあ〉
〈武蔵《むさし》國　ししりは〉
〈長門《ながと》國　たきわろ〉
〈筑前《ちくぜん》國　しゆちゆろ〉
〈越後《えちご》國　おほ〉
〈陸奥《むつ》國　けるひん〉
〈土佐《とさ》國　えんかう〉
〈尾張《おわり》國　おとら〉
〈越前《えちぜん》國　けうけう〉
〈美濃《みの》國　さとり〉
そこまで見た時、心臓が大きく跳ね上がった。無意識に立ち止まる。足音で気付いたらしく、柳が驚いた顔でこちらを振り返る。
「どうされましたか」
私は答えようとして躊躇《ためら》う。あまりにも馬鹿げた憶測に、口が自然と笑みを形作ってしまう。

「……これ、たぶん妖怪の名前です」

「は？」

「いや、冗談ではないです。それ……柳さんの目の前の『さとり』って、確か山奥に住んでて人の心を読むっていう……」

柳は〈さとり〉の檻に顔を近付ける。中には一メートルほどの高さの、ごつごつした石が置かれている。頭、肩、曲げた膝のような隆起。人の形をした何かが蹲《うずくま》っている。そんな風に見えなくもない。

石から視線を外した柳の顔は、先刻までとは打って変わって強張《こわば》っていた。青ざめた頬を痙攣《けいれん》させ、目の動きだけで頭上を示す。

「猿の声が、聞こえませんね」

指摘されて初めて気付く。聞こえない。それ以前に何の音もしない。風の音も木々のざわめきも、鳥の鳴き声も全く耳に届かない。

静まり返っていた。息が詰まるような静寂《せいじゃく》が辺りに立ち込めていた。

私たちは同時に歩き出した。来た道を戻る。

異様な雰囲気を肌で感じていた。長居する場所ではないと感覚的に判断していた。柳もそうなのだろう。不安と焦りの表情を浮かべている。

先ほど見た檻が視界の両側を通り過ぎる。

〈琉球國　まあ〉
〈大和國　のつち〉
〈伊勢國　ふきめ〉
〈信濃《しなの》國　くた〉
〈和泉《いずみ》國　ふくはり〉
〈出雲《いずも》國　のうま〉
〈伊豆國　いなふら〉
〈出羽《でわ》國　ゆなわ〉

気付いた瞬間、背筋が一気に凍り付いた。その場に固まってしまう。

柳に追突されて私は転びそうになった。何とか踏ん張って振り向きざまに、

「枝はどこですか？」

と訊く。

「木の枝がありません。くぐり抜けた太い枝です。それにこんなパネル、こんな檻はさっきまで無かったですよ。〈ゆなわ〉なんて……」

自分でも意味が分からないまま説明すると、柳の顔がますます蒼白《そうはく》になった。唇まで生気を失う。「そんな」「いやいやまさか」と歩き回って周囲を確かめ、やがてピタリと足を

止める。

私の勘違いではないのだ。妄想ではないのだ。

有り得ないことが私たちの身に降りかかっているのだ。

迷い込んでいる。堂々巡りになっている。

兵庫県の山奥の、妖怪らしき名前の書かれた檻が並ぶ、奇怪な領域から出られなくなっている。

更に進んで私たちは確信した。枝は一向に見つからない。来た道に戻れなくなっている。

「登ってみますか。大変でしょうけど、登れば確実に戻れますよ」

息を切らした柳が山を指した。草木が侵入を阻むように生い茂っている。折れ曲がった太い木の幹。背の低い、濃い緑色をした草。尖った岩、堆積した落ち葉。この先の困難を想像しながら、私は無意識に目の前の檻に視線を移した。

〈播磨國　しゆましら〉

中には二つの石が並んで立っていた。五十センチほどの高さで、こけしのような輪郭をしている。頭に相当する部分の表面はつるりとして、目も鼻も口もない。

石の前にクリーム色の、ボールのようなものが転がっていた。土や木の葉があちこちに付着し、空気が抜けているのか歪《ゆが》んでいる。

私は顔を近づけた。柳が続く。

「あっ」

先に声を上げたのは柳だった。

髑髏《しゃれこうべ》だった。

ボールのように見えたものは、人間の頭蓋骨《ずがいこつ》だった。

下顎《あご》は無い。眼窩《がんか》は石の方を向いている。だが表面に走ったいくつものヒビと、隆起から見て間違いない。

誰の骨だろうと考え、頭が一つの仮説を導き出しそうになったその時——

柳がどすんとその場で尻餅をついた。

あわあわと意味を成さない声を漏らす。

私は彼の手を引っ張って何とか立ち上がらせ、「登りましょう」と目の前の山を見上げた。

きいい……と、遠くで金属的な音がした。

きい……きい……きい……

音は続いている。軋《きし》るような引っ掻《か》くような、脳に直接刺さる不快な音だった。

きいい、きいい、きいい……

段々大きくなっている。瞼《まぶた》が裂けそうなほど目を見開いた柳が、〈さとり〉〈けうけう〉の檻がある方を向く。

道の向こうから、音が近付いているのが分かった。

何の音だ。何がどうなっている音だ。

きい、きい、きい、きい

音はますます大きく響き渡る。音の細部が明瞭になり、脳がその情報から意味を読み取る。金属が擦《こす》れ合っている。老朽化した、あるいは錆びた金属が――

檻の開く音だ。

向こうから順に、檻が開けられているのだ。

きいいっ、きいいっ、きいいっ

「あああ」

嗄《しわが》れた声で必死に声を上げて、柳が道の先を指し示した。

いくつも並んだ大小の影が、こちらに向かって歩いていた。木の枝のように細長い影、ずんぐりした影。地面を這《は》う影、ゆらゆらと揺れる影……

ぱん、と乾いた音がして、私は檻に目を向けた。

頭蓋骨が粉々に砕けて床に散らばっていた。

きいいい、と一際大きな音がして、檻の奥から光が差し込む。

開いたのだ。

今まさに〈しゆましら〉の檻が開けられたのだ。

つまり――出られるようになったのだ。

私は一気に駆け出した。夢中で地面を蹴り、ただひたすら前に進む。

背後でどさりと何かが転がる音がして、「ひいいっ」と柳が叫ぶのが聞こえた。

直後に咆哮《ほうこう》が耳を貫いた。

猿のようでも人間のようでもある、悲鳴のような吠え声だった。

鼓膜を震わせる未知の声を聞きながら、私は必死で走り続けた。


気が付くとアライグマの檻の前で放心していた。自分が息切れしていること、心臓が激しく鳴っていることに気付く。

アライグマは檻の隅に蹲り、怯《おび》えた目で私を見つめていた。

柳はいなくなっていた。携帯も繋がらない。

出入り口にいたのは先の若い飼育員で、問い質《ただ》すと「あれ？」と首を傾《かし》げた。

「さっきお帰りになったんじゃないんですか」

「えっ」

「ちょっと席外して戻ってきた時に、後ろ姿が見えましたよ。見間違いちゃうと思いますけどねえ、今日は他にお客さん来てはらへんので」

不思議そうにこちらを見つめる彼に、私はそれ以上何も言えなかった。自分が見たもの聞いたものより、彼の話の方がまだ有り得そうに思えた。何らかの事情で私たちははぐれてしまい、途方に暮れた彼は一旦先に動物園を出た。私ははぐれている最中のことを記憶していない――そんな無茶な経緯の方がまだ現実的に感じられた。

訳が分からないまま私は帰路についた。

バスに乗っている間、在来線に揺られている間、そして新幹線の指定席に座っている間、頭の中にはただ疑問だけが浮かんでいた。

帰宅してもう一度柳に電話してみたが、彼は出なかった。

翌日からいつもの日々に戻った。私自身はそれまでと何も変わらない日常を過ごした。

川勝さんは一向に見つからず「この人を探しています」のポスターが交番に貼られるようになった。柳の携帯とは相変わらず繋がらない。電話しても出ないし向こうからもかかってこない。警察に行こうかとも思ったが、親族でもない私はそもそも行方不明者届を出せる立場にないのだ。それ以前に彼が失踪《しっそう》したのかどうかすら確証がない。

何も進展しないまま時間だけが過ぎていった。

そのうち私はこんな仮説を頭の中で組み立てていた。

あの檻の区画は全国各地の妖怪が集められた、言わばコレクションルームだったのではないか。誰かが――いや「何か」が、妖怪の類を蒐集しているのではないか。ずっと昔から今現在まで。

そして私たちは何かの弾みで、そんな空間に迷い込んでしまったのではないか。
酩酊した夜。休日の朝。ぼんやりと一人で家にいる時。
私はそんなことを考えるようになっていた。

死神

　ホラーやオカルトに興味がない人でも「不幸の手紙」については知っているだろう。

〈これは不幸の手紙です。この手紙と同じ文章を○日以内に×人に送ってください。さもないと不幸が降りかかります〉

　……といったことが書かれた手紙だ。受け取り主の不安や恐怖につけ込み、情報の伝播《でんぱ》拡散に荷担させることを目的とした悪戯《いたずら》——と説明するのが最適だろうか。

　似たような文書は千五百年ほど前の中国にも既に存在したらしいが、前述したような「いわゆる」不幸の手紙が日本で大流行したのは、一九七〇年代前半のことだ。

　ぼくは七〇年代末に生まれ九〇年代に青春期を送った。そのせいもあってか、初めて受け取った不幸の手紙は電子メールだった。チェーンメールと呼んだ方がいいだろう。一九九九年後半、二十歳になるかならないかの頃だった。大学から支給されたドメインに届いたもので、送り主は同じサークルの同期である森下《もりした》くんだった。

〈香川《かがわ》様へ　すまん、ほんま怖かってん〉

　そんな詫《わ》びの一文が冒頭に書かれていたのを覚えている。森下くんは身長一八五センチの強面《こわもて》だったので、「意外と恐《こわ》がりなんだな」と大学のパソコン研修室で驚いたことも記憶している。

肝心の本文は、「いじめを苦に自殺した女子高生が、死の間際に呪いを込めて打ち込んだテキスト」という設定の独白だった。改行と空白、三点リーダーを多用した文章は演出過多で、森下くんはどれだけ純朴《じゅんぼく》なのだろうと可笑《おか》しくなった。当時隆盛を極めていた、俗に言うテキストサイトの演出を真似《まね》たのは明らかで、余計に作り物めいて見えたのだろう。「五人に転送しろ」という意味のことが書かれていたが当然無視し、今に至るまで女子高生の呪いと思《おぼ》しき不幸は降りかかっていない。最初の妻と離婚し、再婚相手とは死別したが、チェーンメールを止めたせいだとは思わない。

大学三年の夏、携帯のアドレスに「ナインティナインの番組の企画でこのメールがどこまで広がるか実験している、協力してほしい」という主旨のメールが届いたが、これも無視した。届いたのは夜、大阪は淀川《よどがわ》の河川敷《かせんじき》を歩いていた時だったのは覚えているが、何故《なぜ》そんなところを歩いていたのかは全く記憶にない。頭に浮かぶのは宵闇《よいやみ》の中、手元に浮かぶ小さなオレンジ色のディスプレイに、メールの冒頭がドットの粗《あら》い文字で表示されている映像記憶だけ。

不幸の手紙に関するぼくの実体験は、最初からデジタルでオンラインだったわけだ。これは決して個人的で限定的なものではない。ぼくと同世代、つまり今四十歳前後の人や、それより下の世代も似たようなものだろう。

封書や葉書による、言葉どおりの意味での「不幸の手紙」に馴染《なじ》みのある人は、今後更に減るに違いない。存在それ自体は幼い頃にメディアを通じて知っているが、現物が届いたことはないし、ましてや送ったこともない――そうした人が圧倒的多数を占めるようになる。いや、すでに占めているかも知れない。

ＶＨＳテープを目にしたことが一度もなく、『リング』の呪いのビデオがすんなり飲み込めない。そんな十代二十代が大勢いる時代だ。「映像版・不幸の手紙」を意図して書かれ、映画公開時は一部の古参ホラーファンに通俗的で皮相だと誹《そし》られさえした『リング』も、今や古典的・歴史的な作品になっているのだ。メールが衰退するのもそう遠い日の話ではないだろう。あと五年もすればチェーンメールに代わってチェーンメッセージが台頭するのではないか、いや、とっくにそうなっているのではないか――

不幸の手紙についてそんな風に想像を巡らせていた一昨年の秋、ぼくは知人の知人、植《うえ》松恭平《まつきょうへい》なる人物から、とても興味深い話を聞いた。当時は編集プロダクションに在籍していた同世代の編集者で、ぼくがホラー小説で作家デビューし、続いて『リング』を踏まえた作品に取りかかっていると知って「聞いてもらえますか」と打ち明けてくれたものだ。

場所は笹塚《ささづか》の小さな居酒屋だった。

※　　※

二〇〇五年春。

新卒で入った大手企業を三年で辞《や》めた植松は、貯金を切り崩して生活していた。新しい仕事はなかなか決まらず焦りはあったが、それでも毎日が楽しかったという。人間らしい暮らしができたからだ。

「あの会社が相当おか……いえ、変だったんだなって、辞めて初めて気付きました」

詳しく語ろうとはしなかった。企業名も訊《き》いたが「いやあ、はは」と笑うだけで決して口を割らない。それだけで彼の人柄の良さ、義理堅さがうかがい知れた。それは弱さの裏返しだ、と説教めいたことを言ってやろうと試みても、彼の布袋《ほてい》のような面相と表情を見れば誰もそんな気にならなくなるだろう。

失業し無職になったことで、植松は逆に規則正しい生活をするようになった。好きではなかったはずの運動さえ始めた。経堂《きょうどう》駅から徒歩五分の1Rアパートに住んでいた彼は、朝六時に起床して三十分ほどかけて砧《きぬた》公園まで走り、園内を何周か回ってまた家に戻る、というランニングを日課にするようになった。文字通りの意味で日課、つまり週に七日、彼は早朝から二時間近く走っていたという。根が真面目なのだろう。

同じ年の六月下旬には体重が十キロ減り、腹筋が四つに割れた。明確な成果に嬉しくなり、仕事探しも頑張ろうと思ったある日、

「お疲れ、調子はどう？」

大学で同じゼミだった友人、日岡《ひおか》から電話があった。好調であること、仕事はまだ決まっていないが前向きな気持ちでいることを伝えると、日岡は少し沈黙してから、

「それはよかった。悪いんだけど、実は相談があるんだ」

と、真剣な声で言った。

彼と顔を合わせたのは同じ週の、土曜の午後のことだった。

履歴書を書いていると、アパートの玄関に車が止まるのが音で分かった。エンジン音が消える。ドアを開閉する音がする。気を利《き》かせて玄関を出て、二階の手摺《てすり》から身を乗り出すと、表の道路に白いワゴン車が止まっていた。

日岡が両手にそれぞれ大きな鉢植えを抱えて、玄関をくぐろうとしていた。観葉植物の尖《とが》った葉の先端が、頬《ほお》や額《ひたい》に刺さっている。「いてて、いてて」と大げさな声を上げながら歩いている。植松は急いで階段を駆け下り、片方の鉢植えを持ってやった。


事情で一ヶ月帰省しなければならない。

その間だけ植物とペットの面倒を見てやってほしい――

日岡からの頼まれごとを、植松は二つ返事で引き受けた。いようと思えばずっと家にいられる自分は適任だと思ったという。

大小の鉢植え合わせて五鉢、簡素な昆虫用飼育ケースが一つ。小ぶりな水槽は苔《こけ》で覆われ、水は緑色に濁《にご》っていた。小さな赤い金魚が何匹か、奥にいるのが辛《かろ》うじて見える。ミント色をした真新しい檻《おり》には、二匹のハムスターが入っていた。

ワゴン車から運び出して部屋に移動させると、ただでさえ狭い部屋とベランダが更に狭くなった。

「餌《えさ》とかは？」

部屋で一仕事終えたとばかりに伸びをする日岡に訊く。彼は目を丸くして固まったが、やがて「あっ、悪い悪い」と早足で部屋を出て行った。車からレジ袋を持って戻ってくる。袋の中にはハムスターの餌と腐葉土《ふようど》、金魚の餌、真新しい如雨露《じょうろ》が入っていた。日岡から手渡されたクリアファイルには、ウェブサイトからプリントアウトしたと思しきハムスターの飼育法、カブトムシの蛹《さなぎ》の飼育法が入っていた。

用意がいいことだ、と思いながら植松は訊いた。

「金魚の餌は？」

「一日一回でいいよ。水は減ったら足すくらいで、替えたり水槽洗ったりはしなくていい。苔と藻《も》で酸素がちょうどいい塩梅《あんばい》でな。あと鉢植えの水遣《や》りは朝、いや朝晩で頼むわ」

立ったまま日岡は答えた。席を勧めると腰を下ろしたものの、どこか落ち着かない様子だったという。茶菓子を振舞って少しばかり雑談したところで、日岡は「おっ」とポケットをまさぐった。折り畳み携帯を引っ張り出し、開き、「やっべ」と声を上げる。

「祖父《じい》ちゃんがちょっとな」

深刻な顔で最小限の説明をする。だから帰省するのか、と納得してすぐにお開きにした。

「悪いな」「よろしく頼むわ」「土産《みやげ》買って戻るわ」と申し訳なさそうに言う彼をアパートの玄関まで見送る。

日岡がワゴン車のエンジンをかけた時、植松は不意に気になった。

「名前は？」

助手席の半分開いた窓から、日岡に問いかける。

「は？」

「ペットの名前」

「ああ、えっと、ハムスターはアニーとクララベル。大きい方がアニーな。それから蛹はカブト」

「はは」植松は思わず笑ってしまったという。前二者は人形劇、あるいはＣＧアニメ「きかんしゃトーマス」に登場する客車の名前で、後者は安直すぎたからだ。

「そうだな、笑えるよな、ははは」

じゃあ、と窓を閉めようとした日岡に植松は「あっ、金魚は？」と呼びかけた。瞬間、

「あ？　何だよ」

日岡は目を剝《む》いて凄《すご》んだ。突然のことに戸惑《とまど》っていると、彼はすぐに表情を崩して謝り始めた。すまん、悪かった、親父《おやじ》が死にかけてテンパッてたんだ……。

「親父さん？　お祖父さんじゃなくて？」

「俺、今親父って言った？」

うなずくと、彼は呻《うめ》き声を上げてハンドルに突っ伏した。祖父が心配で仕方ないのだろう、言い間違うくらい混乱しているのだろう。一刻も早く実家の和歌山に帰りたいに違いない。申し訳ない気持ちになって声をかけようとすると、

「トン吉とチン平とカン太」

そう言って日岡は力なく笑った。金魚の名前だと植松は遅れて気付いた。

「すまん、ちょっと冷静じゃいられない」

「こちらこそごめん」と植松は詫びた。

ワゴン車が走り出し視界から消えると、彼は部屋に戻った。プリントアウトを片手にアニーとクララベルに餌をやり、水槽の蓋《ふた》を取って一つまみの餌を振り入れる。昆虫飼育用のケースを覗《のぞ》いたが、土中の蛹は当然ながら見えなかった。

一時間後。履歴書を清書していると日岡からメールが届いた。

〈さっきはすまなかった。あいつらのことよろしく〉

気にするな、今はお祖父さんのことを考えてくれ、という意味のことを打ち込みながら

振り返って、部屋の隅に並べた動物たちに目を向けた。水槽の金魚たちは苔に遮《さえぎ》られ、緑の色彩の奥で動く赤い染みにしか見えない。ハムスターは二匹とも大人しく、檻の隅で丸くなっている。昆虫用飼育ケースはただ茶色い土が入っているだけ。

ベランダのカーテンの隙間に、一番背の高い鉢植えの葉が揺れているのが見えた。ブラジルヒメヤシという植物だと後で調べて知ったが、その時は〝子供の椰子《ヤシ》の木〟だと思ったという。机に置いた携帯を何気なく見て、三時二十分だと知る。履歴書に向き直り、ボールペンに手を伸ばしたところで視線に気付いた。

誰かに見られている。

そう思った瞬間、植松は自分がベランダに立っていることに気付いた。

鉢植えに取り囲まれるようにして、手摺に手を掛けて外を見ていた。歩道のないコンクリートの道を並んで歩く、女子小学生二人の赤いランドセルが目に留まる。空は対照的に青く、日差しが眩《まぶ》しかった。

意識が〝飛んだ〟ことにようやく思い至って、植松は慌てて部屋に戻った。記憶を辿《たど》ったが、どういう経緯でベランダに出たのか少しも思い出せなかった。

ふと壁の時計を見て彼は目を見張った。

時刻は四時十七分を示していた。一時間近くも経過していたことになるが、そんな感覚はまるでない。だが、この時の彼は「変だな」としか思わなかった。ちょっとした健忘症、深刻ではない記憶障害だと楽観的に受け取っていた。いつの間にか洗濯物が済み床が磨かれている——そう感じてしまうほど、無意識に家事をこなすことが度々《たびたび》あったからだという。規則正しい生活を送るようになって、その頻度は少しではあるが増えていた。

「むしろそういうモードになるのが楽しくて、仕事でも家事でもそれ以外でも頑張ってしまうのかもしれませんね」

その日は履歴書を五枚書き、ネットで仕事を探して終わった。

アニーとクララベルが死んだのは一週間後のことだった。

日課のジョギングから戻り、餌をやろうと覗き込んで、動いていないことに気付いた。茶色い体毛を赤く染め、折り重なるように檻の中央で事切れている。床材のチップにも赤いものが点々と散っていて、植松はそこでようやく血だと理解した。

二匹のハムスターは互いを嚙《か》んで殺し合ったのだ。特に顔を攻撃し合ったらしく、アニーもクララベルも両耳が無くなっていた。アニーは片目が潰《つぶ》れていて、クララベルの鼻先から骨が見えていた。

しばらくの間、植松は動けなくなっていたという。起きぬけに見た時に異変はまるでなかった。家を出て戻るまでの二時間近くで、二匹は互いの顔を嚙み、命を奪い合ったのだ。

慌ててパソコンを起動させ、ネットで原因を調べる。

ストレスで共食いをすることがあると分かって、植松は頭を抱えた。今ここで飼っていること自体、アニーとクラベルにとって負担になるのは容易に想像が付いた。

二匹の苦しみを思って胸が痛んだ。日岡に対して申し訳ない気持ちが湧き起こる。たったの一週間で二つの命を奪ってしまったことに、深い罪悪感を抱く。

躊躇《ちゅうちょ》する前に植松は日岡に電話した。午前八時ちょうどだから非常識な時間ではないだろう、と頭の隅で考えながら、檻の前で呼吸を整える。

日岡は電話に出なかった。

何度かけても留守番電話サービスに繋《つな》がってしまう。失礼を承知でショートメールで詫びの言葉を送る。簡潔に状況を説明した文章も続けて送信する。

返事が来たのは夕方だった。

〈気にするな。あいつら最近おかしかったから〉

怒ってはいないらしい。部屋の真ん中で安堵《あんど》の溜息を吐《つ》き、植松は次の質問をした。

〈遺体はどうしよう？〉

〈鉢植えにでも埋めといて〉

今度の返信はすぐに来た。酷《ひど》くそっけない内容だった。愛するペットが死んだ、というより殺されたも同然の状況で、ここまで冷静でいられるだろうか。それとも自分は端《はな》から信用されていなかったのか。こうなることを見越した上で、半ば不用品として押し付けられたのだろうか。気持ちが沈むのを感じながら植松は檻を開け、アニーとクララベルの亡《な》骸《がら》をそっと手に取った。

次の瞬間には浴室にいた。

よくある小さなユニットバス。蓋をしたトイレに片肘《ひじ》を突き、床に胡坐《あぐら》をかいていた。浴槽には溢《あふ》れる寸前まで水が溜まっている。水だと気付いたのは片手を突っ込んでいたからだった。

慌てて引き抜いた手に目をやって、植松は「へっ？」と声を上げた。握り締めた拳の中に違和感を覚える。わずかな重さと、スポンジのような感触。

拳を開くと茶色い塊《かたまり》が二つ、掌《てのひら》に並んでいた。小さな桃色の足先が見えた。握り潰されたアニーとクララベルだと分かった瞬間、彼は二匹を放り出して転がるように浴室から逃げ出した。水を出しっ放しにしていることに音で気付き、すぐ引き返して蛇《じゃ》口《ぐち》を捻《ひね》る。視界の隅にある茶色い丸いものを、見ないようにして居間に戻る。

何かがおかしい、と思ったのはこの時が初めてだったという。だが原因は分からなかったし意味も分からなかった。知らない間に猟奇的なことを実行していた。把握できるのはその点だけだった。

勇気を振り絞って浴室に入り二匹を拾い上げたのは、日が暮れてすぐの頃だった。日岡に言われたとおり鉢植えの一つ――ブラジルヒメヤシの土に埋め、手を合わせた。心の中で何度も謝ったそうだが、その日はなかなか眠れなかったという。

近所のメンタルクリニックに行ったのは三日後のことだ。医者には「鬱《うつ》による限局性健忘かもしれない」と言われ、抗鬱剤のトレドミンを処方された。ハムスターを手に掛けたわけではない、あくまで死体を損壊しただけだから深刻に捉《とら》えるな、とも助言され、ほんの少しだけ心が晴れたという。家に帰って最初にやったのは檻の掃除だった。アニーとクララベルに詫びながら、浴室で入念に丁寧に洗った。

その四日後――ペットたちを預かってちょうど半月経《た》った日の午後。

大塚《おおつか》の出版社で面接を受け、それなりに手応《てごた》えを感じながら帰宅すると、土のにおいが鼻を衝いた。革靴を脱いで短い廊下を二歩で渡りきって、植松はすぐ異変に気付いた。

飼育ケースの蓋が外れ、中の土が掘り返されていた。フローリングにも散っている。透明なプラスチックのあちこちがクリーム色に濡れていた。内側から何か粘液質のものを撒《ま》かれた、ということらしい。おそるおそる顔を近付け、へばりついた粘液に茶色い欠片《かけら》が交じっているのを見つけ、植松は「げっ」と跳び退《すさ》った。足に全く力が入らず、しばらくその場から動くことができなかった。

茶色い欠片は角の先端だった。粘液はどうやらカブトムシの蛹、カブトの体液らしい。カブトは何者かに掘り起こされ、潰されていたのだった。

歩けるようになってすぐ、植松は近くの交番に駆け込んだ。不法侵入だ、器物損壊だと訴えた。慌てふためき怯《おび》えていたが、ペットが法律上〝器物〟と定義されていることだけは冷静に思い出せたという。

若い制服警官は不自然な体格をしていた。顔は細く青白いのに身体は分厚く手足も太い。能面のように固まった表情も気になった。物腰は穏やかでアパートでの検分も真剣にしてくれたが、植松は少しも安心できなかった。

「鍵は掛かってたってことですよね、これ」

警官に訊かれて初めて、状況の不可解さに気付いた。ベランダは施錠《せじょう》されていた。帰宅した際に玄関の鍵を開けた記憶がある。つまりそれまで閉まっていた。

「でも実際こうなってますし」

「ううむ」

警官はケースの中の土に指を突っ込み、摘まんで指先で擦《こす》り合わせていた。顔を近付けてにおいを嗅ぐ。ぎくしゃくとした動きでおまけに意味が摑《つか》めず、植松は余計に不安になったという。呼ばなければよかったと後悔の念さえ湧いたらしい。

ようやく警官は帰ったが、人心地ついたのは一瞬だけだった。ざわざわと胸が波立ち、いつまで経っても落ち着かない。結局何があったのか、カブトはどうしてあんなことになったのか、警官は推測の一つも口にしなかった。

風呂場で飼育ケースを洗い、ベランダの端に置く。警官は指紋を採ろうとすらしなかったのだ、とその時になって気付いたが、だからといって文句を言いに行く気にもならない。カブトの欠片をいくつか、まとめて鉢植えに埋める。何もする気になれず、暗くなって腹が鳴るまで部屋で横になった。

夕食を終えたところで、植松は日岡に電話した。感情が掻《か》き乱されていたせいで、その時まで考えもしなかったという。

携帯から聞こえてきたのは自動音声だった。

〈おかけになった番号は、現在、使われておりません、番号をお確かめの上……〉

メールを送っても全てエラーで戻ってきた。

予定の一ヶ月を過ぎても日岡からの連絡はなかった。その三日前に彼の住まいである笹塚のマンションの四階を訪ねたが、玄関ドアの取っ手に鍵の保管ボックスが取り付けられていた。つまり日岡はこの家を引き払っている。

すぐ帰宅して三年前に交換した名刺を引っ張り出し、勤め先に電話した。応対した女性は「日岡でしたら先月で退社いたしました」と事務的に言った。

思い切って実家にも電話してみたが帰ってきてなどいないという。それ以前に祖父は健康そのもので、具合を悪くしたという事実もなかった。

「今日もお祖父ちゃん、朝から麻雀打ちに行ってるよ？」

日岡の母親は不思議そうに言った。これまでの経緯を伝えると狼狽《うろた》え始め、「どないしよう」「お父さんに相談するわ」と電話を切った。

事態は深刻さを増していたが、この辺りから植松は驚かなくなっていた。おかしなことが続いている。不可解な状況の只中《ただなか》にいる。その事実を受け入れざるを得ない――そんな心境になっていたという。だから約束の一ヶ月が経っても「やっぱりな」と思いさえした。その一方で日岡が心配になってもいた。

考えるまでもなく、最も現実的な可能性は「日岡が何らかのトラブルに巻き込まれた」だ。身の危険を感じるほどの深刻な問題が発生し、彼は雲隠れした。或《ある》いは既に〝捕まった〟。そうなる前にせめてペットだけでも、と植松に預けた。これが一番ありそうだ。

「誰だって普通はそう考えますよね」

「……考えなかったってことですか？」

ぼくが問いかけると、彼は「ええ」と奇妙な笑みを浮かべた。呆《あき》れ、諦《あきら》め、戸惑い、自嘲《じちょう》、どれにでも当てはまりそうでどれにも当てはまらない、半端《はんぱ》な微笑だった。

現実的な原因ではない、常識では考えられない何かのせいでこうなっている――と、その時の植松は直感したという。根拠はペットの死と、二度の記憶喪失だった。

根拠になっていない、なぜなら関係があるかどうかも分からないからだ。そう頭では理解していたが、感覚では密接に結び付けていた。

その前後の面接や試験は全て失敗に終わった。植松は無職のまま金魚のトン吉、チン平、カン太、そして五つの鉢植えと日々を過ごした。失業保険が支給されるようになっていたので生活には困らなかった。

ペットたちを預かって二ヶ月が経とうとしていた、ある日の夜のこと。扇風機だけでは耐えがたく冷房を稼動させるべきか悩んでいると、チャイムが鳴った。

玄関に背の高い、同世代くらいの女性が立っていた。肩までの髪はボリュームがなく、表の廊下の灯りで白髪が酷く目立つ。金色の小さなバッグを抱えている。

日岡がかつて交際していた女性、葵《あおい》だった。就職して間もない頃に何度か顔を合わせたことがあったが、ほどなく別れたと彼から聞いていた。

「どこ行ったか知りませんか」

「僕も分かりません」

「本当ですか」

やつれ切った顔で日岡の行方を訊《たず》ねる彼女があまりにも不憫《ふびん》で、植松は彼女を部屋に入れた。全く躊躇する様子のない葵を見てさらに決意を固くした。今この女性を不用意に出歩かせてはいけない。そう思ったという。冷房は迷わず点《つ》けた。

麦茶を出したが葵は手をつけようとせず、それどころか勧めた座布団にもなかなか座ろうとしなかった。ようやく腰を沈めるも目が泳いでいる。

「とりあえずお互いの情報を交換しましょう」

論理的な提案をして、まずは自分からこの二ヶ月のことを打ち明けた。葵が口を開いたのは植松が話し終わって三分後のことだった。体感的には一時間以上だったという。その間どんな風に水を向けても、彼女はじっと手元を見つめるだけだった。

「今年に入ってすぐ、よりを戻しました」

最初の一言は要するに復縁の報告で、植松は少しばかり拍子抜けした。同時に焦りを覚えた。恋愛の話は聞くのもするのも苦手だ、どうしたものか。そう思っていると、

「連絡が付かなくなったのは五月の半ば。家に行ったらものすごく機嫌悪くて苛々《いらいら》してて、喧嘩《けんか》になって追い出されて、それっきり」

「そうですか」

曖昧《あいまい》に返した途端《とたん》、葵は嫌そうな顔をした。何か不味《まず》いことを言ったのか、それとも自分の態度に問題があるのだろうか。心の中で慌てふためいていると、彼女は再び口を開いた。

「おかしい、変です」

「えっ」

「あのケージ、檻は」

葵はこちらを向いたまま、指だけでハムスターの檻の辺りを示す。空っぽの檻の手前に

はカブトのいたケース、奥には水槽が並んでいた。三つとも床に直接置いてあった。

「檻は？」

「なかったです。虫かごも、あと鉢植えも。預かってくれって言われたんですよね？　大事に育ててる、飼ってるからって」

「ええ、大体そんなことを」

「育ててないし飼ってもなかったですよ、最後に会った時も家になかった。部屋にもベランダにもです。ベランダで煙草吸ってる日岡に殴りかかったから覚えてる。怒鳴り合いになって上の階の人からウルサイって言われてその場に伏せて、だから記憶してます」

余計な情報が交ざっていたせいで、最初はなかなか飲み込めなかった。何とか彼女の発言を理解する。葵の表情は真剣そのものだった。正座したまま全身を強張《こわば》らせている。

じゃあ、ってことは、つまり――と言葉を繋いで頭を整理し、植松は訊いた。

「金魚だけは飼ってたってこと？」

「え？」

彼女の顔が一気に険しくなった。

「金魚って？」

「あれだよ、あの水槽に入ってるやつ。トン吉チン平カン太って三匹いて」

「いるの？」

「そりゃいるさ、ほら……」

水槽を手で示してすぐ、植松の中に疑問が湧いた。

本当にいるのだろうか。

日岡から預かったその日に、何匹かの赤い身体が見えたことは覚えている。翌日もたしかそうだった。だがその翌日はどうだったろう。

ここ何日かは間違いなく、赤い色彩を目にしていない。朝起きて機械的に餌を撒くだけで、いちいち確認しなくなっていた。或いは死んでいるかもしれない。一匹でも死んで藻に絡まって腐敗していたら大変だ。

腰を浮かせて何歩か足を進めたところで、葵にTシャツの裾を摑まれた。

葵は俯《うつむ》いていた。ちゃぶ台の天板に鼻が付きそうなほど前傾し、手だけで植松を引き止めていた。Tシャツを摑む指は震え、血が引いて真っ白になっていた。

「どうしたの」

「それのせいだと思う」

目を合わせずに彼女は答えた。

「前から多分そうだろうって思ってたけど、きっとそう。ううん、絶対」

ぺしゃんこの髪に隠れて顔は見えなかった。縮れた白髪があちこちから飛び出している。

呼吸を整えて植松は訊いた。

「どれのせい？」

下手《へた》に推《お》し量《はか》るより一つ一つ確かめた方がいい。ちょっとした誤解が大きな齟齬《そご》になり、
彼女を刺激してしまうかもしれない。そんな風に考えていた。

「前は」

葵が口を開いた。

「グッピーでした」

「え？」

「よりを戻して家に行った時、置いてあったんです。本棚、ううん、キャビネットの上に。そん時はグッピーだってあの人言ってて、実際いました。そうだ、ブルーグラス。青い種類のグッピーが五匹。金魚じゃない。絶対金魚じゃなかった」

「どういうこと？」

「知り合いの知り合いから貰《もら》ったって言ってました。魚飼いたいなって言ったら水槽ごとあげるって、それで全部くれたって。水は減ったら足すくらいで、替えたり水槽洗ったりはしなくてよくて、苔と藻で酸素がちょうどいい塩梅だから、餌やるだけでいいって譲り受けた、楽でいいって笑ってました」

ちらりと植松を見上げる。髪の隙間から覗く目は真っ赤で不気味だったが、それ以上に彼女の言葉が心を掻き乱していた。

「別れた時はいませんでした。違う、見えなかった。見えなくて覗き込もうとしたら突き飛ばされて、それで頭に来て飛び出しました。暴力は絶対振るわなくてそこが好きだったのに、もう絶対ナシだってその時は思ったんです」

葵は手を離した。うう、と身体を震わせて泣き始める。自由になった、これで水槽を見に行ける、そう頭が判断したが、植松の身体は動かなかった。啜《すす》り泣く葵から目を離すことができなかった。

水槽の方から視線を感じていたからだ。

緑に濁った水の中から、苔が生えたプラスチックの水槽越しに、何かが自分を見つめている。そんな空想が頭から離れなくなっていた。徐々に部屋が〝温《ぬる》くなった〟。そんな気もしたという。

葵が泣きながら、弁解するかのように話していた。電話が繋がらなくなった、家に行ったら引き払っていた、共通の知り合いに訊いても誰も知らない、植松のことを思い出し、うろ覚えの記憶を頼りにここを訪ねた——

「絶対なんかあるよ。そいつのせいですよ絶対、それの」

繰り返す葵に何と返すべきか考えていると、ばさり、と表で音がした。ベランダの方から、何かが落ちるような音が。洗濯物が落ちたのだろうと思ってすぐ、昼過ぎに全て取り込んだことを思い出した。

ばさばさ、ばさん、と音が続いた。間違いなくベランダからだ。葵がこわごわ顔を上げる。植松は水槽を見ないようにしてベランダに向かい、窓を開けた。

部屋の光を受けた灰色のコンクリートの上に、白い箒《ほうき》のようなものがいくつも落ちていた。箒の骨だ。そんな印象を抱いたという。

枯れ落ちたブラジルヒメヤシの葉と枝だ、と気付いたのは数秒後、幹しか残っていない鉢植えを見た時だった。幹も真っ白になっており、目の前で表面がぽろぽろ剝《は》がれ落ちた。他の四つの鉢植えも同じように枯れていた。

「枯れたって言い方してるのは、分かりやすくお伝えするためです。その時は違う風に解釈していました。いえ――もっと簡単な、しっくり来る言葉で捉えていた」

ブラジルヒメヤシは死んだ。

鉢植えは死に絶えた。

そう表現した方が感覚的には妥当です、と植松は強調した。

呆然《ぼうぜん》とベランダの光景を見つめていると、部屋から甲高《かんだか》い悲鳴が聞こえた。どすん、と大きな音が続く。

葵がベッドに突っ伏していた。すぐに起き上がって走り出す。バッグを摑もうとして体勢を崩し、壁に激しく身体を打ち付ける、ずしんと部屋が震えた。

彼女の顔はほとんど灰色だった。打ち所が悪かったらしく息を詰まらせ、壁に張り付いたまま苦悶《くもん》の表情で身を捩《よじ》る。

「どうしたの」

「わああっ」

葵はその場に尻餅をついた。

「やめてよ、来《く》んな！」

金切り声を上げてバッグを振り回す。誤解を招く悲鳴だ、と頭の片隅で冷静に考えながら、植松は部屋に入った。ベランダの窓を勢いよく閉じる。その音で再び葵が動転し、喚《わめ》き出す。

「落ち着いて！」

思い切って一喝《いっかつ》すると、彼女はぴたりと黙った。乱れた髪の奥で真っ赤な目が光っている。口はだらしなく半開きだった。

「葵さん、何がどうしたんですか」

三度ほど質問を重ねたところで、彼女は答えた。

「いたの」

少し間《ま》を空けて植松は訊ねた。

「何が、どこにですか」

「水槽」

「何がですか」

「中で動いてた。動いてました」

「何が、ですか」

「大きいのが。胸鰭《むなびれ》が大きくて、手みたいで」

「何の魚ですか」

「違う」

葵は音がするほど激しく頭を振って、こう言った。

「肌色だった。疣《いぼ》もいっぱいあったし、あのおっきな目」

瞬間、また視線を感じた。水槽の中から見られている。そうはっきり意識した。Tシャツの下、背中一面を剣山《けんざん》で撫でたような感触が走ったという。振り返って確認したいが、確かめるのが怖い。相反する感情の板挟みになって動けなかった。

「魚ですよね」

「違う、違う」

葵はよろよろと立ち上がると、

「ま、瞬《まばた》きしたから」

言うなり猛然と玄関に向かって走り出した。大きな音を立ててドアを開け閉めする。ヒールの音が遠ざかって消え、何も聞こえなくなっても、植松は次の行動を起こせずにいた。

家を出たのは三十分後のことだった。朝まで駅前のファミリーレストランで過ごし、六時に帰って何も見ずにベッドに飛び込んだ。

昼過ぎに起きた時に初めて、夜通し冷房を点けっ放しにしていたことに気付いた。

「その日から昼夜がぐちゃぐちゃになって、ジョギングも止《や》めてしまいました」

走るどころじゃなかったです——と、植松は煙草のソフトケースを握り潰した。

日のある時間に眠り、夜になったら外で仕事を探すか時間を潰す。経堂駅前は開発工事中だったがそれなりに開けていて、居場所には困らなかった。植松はネットカフェとファミリーレストランを交互に使っていたという。

体重が急に増えたりすることはなかったものの、腹はすぐに弛《たる》んだ。とある出版社の最終面接まで進んだが、当日に寝坊して「ご縁」は失われた。家にいる時間は少しずつ確実に減っていった。すべての原因は明らかだったが対処する決心がつかずにいた。

水槽を見るのが怖い。近付くのも嫌だ。

金魚でもグッピーでもない、瞬きをする何かがいるからだ。魚ではないが胸鰭があり、肌色をした大きな何かが。それはおそらく、ただの生き物ではない。植松の記憶を飛ばし、日岡を失踪《しっそう》させた——あるいは失踪を決心させた——そんな力を持っている、科学では測れない存在に違いない。馬鹿げていると分かっていてもそう思わずにはいられなかった。

半袖では外を歩けなくなった、九月のある日の午後。面接で何度もつっかえてしまった植松は、沈んだ気持ちでＪＲ巣鴨《すがも》駅前を歩いていた。昼食はちゃんと摂《と》ったのに空腹を覚え、目に付いたマクドナルドに飛び込む。

一番安いセットを買って二階に上がり、何気なく喫煙席のガラスドアに目を向けた。中に日岡がいた。

よれよれの黒いスーツ姿で、二人席に腰を下ろして苛立《いらだ》たしげに煙草を吸っていた。文庫本を読んでいる。心臓が激しく鳴るのを感じながら、植松は喫煙席に足を向けた。「やあ」と声をかけながら向かいに腰を下ろす。

日岡の顔がみるみる青ざめた。額に汗が滲《にじ》み出て頰を伝った。

いざ顔を合わせると何を言うべきか、植松は全く思い付かなかったという。連絡が付かなくなってから何度も頭の中で、再会した時どう会話するか計画したのに。

「お祖父さんは大丈夫だった？」

さんざん考えて捻り出したのはそんな質問だった。皮肉以外の何ものでもないが、万一事実だったら、と考えてもいた。

「さあな」

日岡は煙草を灰皿で揉《も》み消した。数秒経って新たに一本、ボックスから引き抜く。ライターを持つ手が震えていた。

「あの水槽は？」

端的に訊く。

「さあ。いや、すまん」

日岡は何度か咳《せ》き込んで、煙草を灰皿に押しつける。二口しか吸っていなかった。

「友達の知り合いから貰ったんだ。グッピーだって言われてな」

かすれた声で説明する。葵が家に来たこと、色々話を聞いたことを伝えると、「そうか」と項垂《うなだ》れる。

「その友達の知り合いは何て言ってたの？」

「聞いてない。連絡が付かないから訊こうと思っても訊けない。蒸発したんだ」

「日岡みたいに？」

「逆だ。俺がその知り合いの真似をしたんだ。他に対処法は思い付かなかった」

引き攣《つ》った笑みを浮かべて、日岡はまた煙草を咥《くわ》えた。

「植松、お前も気付いてるんじゃないか」

質問だと気付いて首を傾《かし》げると、

「あれは持ってたらヤバい。そう思ってるだろ。そう思うようになっただろ。何がどうなってるかは分からないが、手元に置いとくと大変なことになる気がするだろ」

答えられなかった。あまりにも図星で戸惑っていた。

「俺もだ。だからお前に贈った。受け渡したんだ」

「で？　今は？」

最小限の言葉で訊く。

くくく、と日岡は笑った。火の点いていない煙草を咥えたまま、額を押さえて笑い続ける。灰色の歯茎が異様に目立った。

「変わんねえよ。今日も朝からギリギリだった」

意味不明なことを口にする。

「長く飼いすぎた。直接あれから何かを受け取りすぎたんだ。だからお前にはヒントも一緒にくれてやった。タイムラグじゃねえけど、これ見て気付けよって意味で餌も一緒に渡した」

「餌？」

「あれの餌だ。他の生き物のことだよ。アニーとクララベルとカブトと植物と、そんくらい分かれよ相変わらずトロ臭《くせ》えなお前！」

出し抜けに日岡は怒鳴った。テーブルを叩き灰皿が飛ぶ。喫煙席が一瞬で静まり返り、視線が二人に集中する。潰されそうな気持ちで縮こまっていると、日岡が言った。

「さっさと他のやつに渡してこいよ。無理ならてめえんとこで止めろよ。そういう仕組みなのは分かるだろ」

彼は泣いていた。鼻水まで垂らしていた。

「あれって何なの」

植松はまたしても訊いていた。他に思い付かなかったのだという。

「お前、馬鹿か」

煙草を口から引き抜くと、

「あれが何だろうと、あれの仕組みは不幸の」

そこまで言って黙った。顔から表情が〝落ちた〟ように見えた。どうしたの、と訊こうとすると、日岡はボックスと鞄を掴んで立ち上がり、隣のテーブルを押しのけて喫煙室を出て行った。頭では捕まえよう、追い縋《すが》ろうと考えたが、なかなか身体が動かなかった。

「日岡に会って話したせいで、妄想が裏付けられてしまった。子供じみた恐怖が打ち消されるどころか、膨《ふく》らんでしまったんです。それがショックで」

何とか腰を上げたところで、外から急ブレーキの音がした。続けて重く腹に響く音、風船が割れるような音。女性の悲鳴。「おまわりさーん！」と、やけに呑気《のんき》な呼び声もした。

急いで店を出ると、すぐ前の通りに白いワゴン車が止まっていた。周囲に人だかりができている。こりゃ駄目だ、どうしようもない、と諦めの声を交わして、左前輪の辺りを指差している。

助手席のドアが真っ赤に染まっているのが、人垣の間から見えた。その下のタイヤには濡れたヒジキとベーコンのようなものが絡まっている。ヒジキとベーコンにはよれよれの黒いスーツを着た人間の身体がくっついていた。

自分が何を見ているのか理解した瞬間、植松は腰から下が消えたような感覚に襲われた。気が付くと尻餅をついていた。腰を抜かすとはこういう具合なのか、と頭の隅で冷静に分析していたという。


植松がアパートに戻ったのは三日後の昼のことだった。ワイシャツはもちろんスーツも汗が染みて、自分でも分かるほど不快な臭《にお》いを放っていた。脂に塗《まみ》れた頭皮のあちこちが痒《かゆ》い。ネクタイはなくなっていた。

それまでどこにいたのか、全く記憶になかった。今も思い出せないらしい。

「頭にあったのは義務感というか、決意だけでした」

蹴り飛ばすように革靴を脱ぎ捨てた。視界の隅だけで水槽を捉え、なるべく焦点を合わさないようにして近寄る。爪先がこつんと水槽に触れた。

蓋の隙間から立ち上る、藻と泥の臭いが鼻を衝いた。幼い頃、遠い親戚の家に遊びに行った時の思い出が脳裏をよぎる。場違いな懐かしさに植松は笑いそうになった。同時に平静を失っている自分に怖気《おぞけ》が走った。

まっすぐ腰を落として水槽を摑み、抱え上げた。水の重みと揺れを感じながら、摺《す》り足で廊下に向かう。

すぐ近くから見つめられているのを感じた。

手元の水槽から見上げられていることに気付いた。必死で何も考えないようにして植松は玄関に向かった。身体をドアに密着させ、指でノブを回して体重をかけて押し開き、隙間に身体を捻じ込んで廊下に出る。靴を履いていないことに階段を下りる途中で気付いたが、引き返すことはしなかった。

すぐ前の道路を渡って角を二つ曲がると、幅一メートル半ほどの小さな浅い川に出た。流れは遅く、あちこちにゴミが浮いている。空き缶、ペットボトル、三角の黒い塊は自転車のサドルだろうか。白く粉を吹いた柵が設置されていた。

視線をますます強く感じるようになっていた。振り払おうとしても喉と顔に突き刺さって絡まる。視線はいつしか顔を摑まれ、引っ張られるような感触に変わっていた。油断すると水槽を覗き込んでしまいそうになるが、従ってはいけない。植松は奇妙な感触に全力で抗《あらが》い、柵にもたれかかった。

じゃぼ、と腕の中で音が鳴った。濁った水の中で何かが泳いでいるのが分かる。かつかつ、こつこつと内側から、硬いもので突くような音までしていた。

植松は水槽を頭の上に持ち上げると、川めがけて放り投げた。すぐ近くで「ちょっとちょっと」と中年女性の声がした。

水槽が川に落ち、ぱしゃんという音とともに蓋が外れた。どろりとした緑色の水が川の水に拡散する。

水面から握り拳ほどの、肌色の塊が浮かんだ。

台所で包丁を持っている自分に気付き、植松は「あれっ」と声を上げた。

夕暮れの赤紫の空が窓の外に広がっている。部屋の中は薄暗く、酷く寒い。埃《ほこり》に鼻をくすぐられ、大きなくしゃみをしてしまう。

首を傾げながら包丁を仕舞うと、植松は電気を点けた。

緑色に濁った水槽が部屋の隅に置かれていた。

それまでと同じく飼育ケースの隣にあった。

あっと叫んで後ずさると、左手に熱を感じた。反射的に目を向けると、手の甲に無数の切り傷が走っていた。血がワイシャツの袖を赤く染めている。

じゃぼ、じゃぼ、と水槽の方から音がした。植松は流しの前に蹲《うずくま》り、頭を抱えた。それまで意識しないようにしていたことを、勝手に脳が考えてしまう。日岡の言葉と繋ぎ合わせ、一つの意味を見出《みいだ》してしまう。

あれが何なのかは知らない。

だが何をしているのかは推測できる。

ばしゃ、と一際《ひときわ》大きな水音がした。

植松は両手で顔を覆うと、這《は》うようにアパートを飛び出した。

※　※

「それで、どうしたんですか」

「翌日落ち着いたので家に戻って、辞めた会社の同期に連絡して譲りました。そこそこい値段の金魚を二匹入れて、運気がアップするって嘘吐《うそつ》いて」

「で、その同期の人は」

「譲った一ヶ月後に、自宅で首を吊りました」

植松は淡々と言った。当たり前だ、普通はそうなると言わんばかりの口調だった。表情は柔らかだが顔色は不自然なほど白い。

「そこから先は知りません」

これも同じ口調だった。後悔も罪悪感も感じられなかった。戸惑っていると、彼は頬を弛《ゆる》めて、「変な話をしてしまいましたね、申し訳ない」と詫びた。

とんでもない、とぼくは慌てて答えた。変な話ではない。奇妙な話だ。怪談の範疇《はんちゅう》に入れてもいいだろう。不幸の手紙のような何かを受け取って、不幸の手紙のように対処した。その点も趣《おもむき》がある。

事実かどうかはさておき、面白い話だと思った。

植松と会ったのはその時だけだ。彼は翌年に編集プロダクションを辞め、山口県に引っ越した。義実家の家業を継いだという。水槽を譲ってほどなく教育系の出版社に入社し、所帯を持ち、何度か転職した末の決断だった。

この話を原稿に書いていいか電話で訊ねたところ、名前を全て仮名にすることを条件に許可を貰った。時期や地名はそのままで構わない、とも言っていた。話を聞いた時と同じ穏やかで優しい口調だった。

「ありがとうございます、ところで――」

お礼を伝えてすぐ、ぼくは訊いた。

「植松さんはその後どうなんですか」

「というと？」

「いえ、無事に受け渡すことができたのかなあと、ふと気になったので」

「……どうなんでしょうね」

曖昧な答えが返ってきた。次の言葉を探していると、

「ふと死にたくなることは今もありますよ。気が付いたらロープを持って、輪っかを作ってるなんてこともね。ガスの栓《せん》を開けたりとか」

ぼくは絶句していた。

かすかな笑い声の後で、植松は言った。

「でも、そんなのあれに会わなくても一緒じゃないですか。自殺する人がみんなあれを受け取ってるわけじゃない。そんな荒唐無稽《こうとうむけい》なことがあるわけない。あれを貰おうと貰うまいと、人間は普通に死にたくなる生き物で、うち何パーセントかが成功するってだけです。最近はそう思うようにしています」

取り繕《つくろ》ったような明るい口調だった。ぼくが何と答えたのかは思い出せない。きっと適当なことを言ってお茶を濁したのだろう。

植松が鉄道自殺したと共通の知人を介して知ったのは、電話した翌月、この原稿に取りかかった直後のことだった。

一

三泊四日のスキー合宿は概《おおむ》ね楽しかった。

初日の夜は布団から顔だけ出し、同級生たちと下らない話で盛り上がった。

二日目の夜にこっそり女子の部屋に行こうとして教師たちに見つかり、宿舎の硬い廊下に正座させられた。その時は惨《みじ》めだったが、部屋に戻った瞬間に笑い話になった。

最後の夜に同室の赤井光太郎《あかいこうたろう》が寝ぼけて「ママ殺さないで！　ウノって言ったよ！」と泣き叫んだ時は、部屋のみんなで抱腹絶倒した。

もちろんスキーそのものも楽しかった。食事は粗末と言っていい代物だったり、他のクラスには初日に転んで足を挫《くじ》き、宿舎から出ずに期間中を過ごした生徒もいたけれど、僕は生活圏から離れた束の間の非日常を、心の底から堪能した。隣県の山奥に泊まるだけのことでも、地方の十四歳にとっては結構な冒険だ。

しかし。

帰り道の高速道路。貸切バスが事故渋滞に捕まって全く進めなくなった。車内の独特の臭いと生温《なまぬる》い空気、そして先が見えないストレスのせいで、何人かの生徒が立て続けに嘔《おう》吐《と》した。高速を下り再び山を上り、予定より六時間遅れてニュータウン内の中学校に到着した頃には、楽しい記憶はどこかに消えてしまっていた。疲労と倦怠感と軽い吐き気を覚えながら、僕はバスを降りた。校庭の砂がジャリッと音を立てる。

辺りは真っ暗になっていた。

校舎の時計が十時を示しているのが、かろうじて見える。心配で迎えに来た保護者たちの大きな黒い影が、並んだバスを取り囲んでいた。

担任が簡単な点呼を取って、バスの前で挨拶し解散する。

「あ、おとうさ……親父だ」

右隣の青葉勇気《あおばゆうき》が言った。親しい同級生の一人で、バスでも隣の席だった。煩《わずら》わしそうな表情を作ってみせるが、迎えに来てもらって安堵していることは声で分かった。

駆け出した勇気がすぐに立ち止まる。申し訳なさそうにこちらをうかがう。視線は僕の斜め後ろにいる相沢豪《あいざわごう》に注がれていた。

「じゃあな」

豪が言った。スポーツ刈りの頭を掻き、疲れた顔に笑みを浮かべる。

「バイバイ」

僕は豪に倣《なら》って声を掛けた。勇気は手をかざして「じゃっ」と言うと、彼の父親と思《おぼ》しき人影に向かって小股で走って行った。

　バスのライトが豪の顔と白い吐息を照らしている。スキー焼けして頬も額も、鼻の先も真っ赤だ。勇気が大きな人影と語らいながら歩き去る様を、ぼんやりと眺めている。

　豪には両親がいない。現在は父方の祖母と二人で暮らしている。複雑な事情があるらしいが、詳しく聞いたことはなかった。

「卓也《たくや》の親、来てんの？」

　不意に豪に訊《き》かれ、僕は辺りを見回した。

　それらしい姿はなく、自分を呼ぶ声も聞こえない。

「いや。豪は？　お祖母《ばあ》ちゃん……」

「来るわけがない。寝てる」

　どう話を続けたらいいか分からないでいると、

「じゃあな。また明日、いや明後日《あさって》か」

　豪は擦《す》り切れたドラムバッグを抱え、とぼとぼと校門へ歩いて行った。

　しばらく探したが両親の姿はなかった。ケータイかスマホがあれば一発なのに、と軽い苛立《いらだ》ちを覚える。両親からは「まだ早い」「高校生になったらね」と持たせてもらえずにいた。学校敷地内での使用は校則で禁止されているが、今この状況で使う分には問題ないだろう。実際、何人かの同級生はスマホで親と通話して落ち合っているが、教師たちが咎《とが》める様子は全くない。

迎えに来ないのか。

こんなに遅くなったのに心配ではないのか。

小学四年の二学期。体育で転んで足を折った時は、母さんだけでなく、父さんまで病院にすっ飛んで来たのに。

恥ずかしかったけれど嬉しかった。心の底からホッとして、看護師や担任の前でおいおいと泣いてしまった。みっともない、ガキっぽいと分かっていても涙は止まらなかった。

いや──止めよう。

あれから四年以上も経っている。子供じみた期待を裏切られ、子供じみた不安を抱いている自分に呆れ、僕は校門を出た。

家までの帰り道は上り坂だったが、街灯や車のライト、家々の明かりに照らされる通学路を眺めながら歩いていると、身体が徐々に軽くなった。それまで緊張していたことに初めて気付く。冷たい風が頬を撫で、首を縮めてコートの襟に顔を埋める。

いつもの信号を渡り、勇気が住む公団の側を通り過ぎる。頭に靄《もや》がかかったような感覚に襲われていた。眠い。尿意で身体が縮こまる。リュックサックが妙に重く感じられる。これも安心している証拠だ。気が抜けているせいだ。無意識に早足になっていた。

家の前に差し掛かった時には漏らしそうになっていた。青い瓦屋根。白い外壁。表札のすぐ下、門柱の大きな染みがハートマークに見える。暗いけれど何となく分かる。物心ついた頃から住んでいる、すっかり見慣れた家だから当然だ。駐車場には父さんの黒いステップワゴンが停まっていた。

門扉《もんぴ》をキイイと乱暴に開けて三段ある石段を駆け上がり、玄関ドアに手をかける。鍵は掛かっていなかった。靴を脱ぎリュックサックを放り出しコートを脱ぎ、玄関のすぐ向かいにあるトイレに突進する。

「つかああ」

用を足しながら無意識にそんな声を漏らしていた。体中の筋肉が溶けそうなほど弛緩《しかん》し、思い出したように胃袋が空腹を訴える。

これが「我が家が一番」か。

家族旅行から帰ってくると、父さんが決まって言う台詞だ。この家が落ち着くのは分かるけれど、「一番」は大げさだと思っていた。年寄り特有の誇張だろうと小馬鹿にしてさえいた。

だが今は違う。はっきりと実感できている。合宿は楽しかったが、友人とはいえ赤の他人との生活はストレスだったのだ。本当に我が家が一番なのだ。

水を流して手を洗い、掛かっていたタオルで拭いた。ドアを開けると同時に言う。

「ただいま」

声は廊下にこだまして消えた。

二

ひっくり返った自分の靴を足先で大ざっぱに揃え、小学五年生の弟、隆太《りゅうた》の靴もついでに並べ直してやる。リュックサックを拾い上げて、僕はもう一度、

「ただいま」

と奥へ呼びかけた。

返事はなかった。物音も気配もしない。この時間なら隆太は寝ているかもしれないが、両親は大抵起きているのに。

リビングダイニングのドアの隙間から光が漏れていた。テレビを見ているせいで僕の声が聞こえないのか、と耳を澄ませると、小さな音楽と妙に明瞭な話し声が鼓膜を擦《こす》った。大勢の笑い声が被《かぶ》る。

やはりテレビだ。

僕は殊更《ことさら》に足音を鳴らしてドアに近付くと、勢いよく引き開けた。

「ただいま……あれ」

誰もいなかった。

リビングダイニングにも台所にも、電気が点《つ》いている。人気漫才コンビが商店街を歩い

ている姿が、四十インチのテレビに映し出されている。茶色いソファの肘置きの真ん中に、テレビのリモコンが置かれていた。父さんが見ている時の定位置だ。

テレビとソファの間には炬燵《こたつ》があった。僕が合宿に行っている間に出したらしい。丸い天板の上の籐籠は小さなミカンでいっぱいだった。

僕はそっとリュックサックを床に置いた。フローリングから電気カーペットに足を移し、音を立てないように炬燵の傍《かたわ》らにしゃがみ込む。

かすかな息づかいが、炬燵の中から聞こえたような気がした。父さんだ。カーテンの向こうに気配を感じた。母さんだ。逆かもしれないが、どちらでも構わない。要するに二人は僕が帰ってきて慌てて隠れたのだ。僕を驚かせようと子供じみた遊びに興じているのだ。隆太は二階で寝ているのだろう。

少しも腹は立たなかった。むしろ逆だった。呆れて脱力してはいたけれど、全く楽しくないと言えば嘘になる。じっさい笑いを堪《こら》えていた。

「はいはい、もういいって」

僕は炬燵布団を一気に捲《まく》り上げた。

誰もいなかった。

ただ赤く照らされたカーペットと、炬燵の脚があるばかりだった。

気まずさと恥ずかしさに僕は布団を摑んだまま硬直した。次の瞬間「うわー、引っかかった！」と隆太が大はしゃぎで現れるのではないか、両親がハハハと笑いながらそれに続くのではないか。そんな予感がして身構えたが、誰も現れなかった。押し殺した笑い声が耳に届くこともない。

「隆太」

弟の名を呼んだが返事はなかった。父さん、母さんと呼んでみても何の反応もない。テレビで芸人が何か言って、爆笑が湧き起こった。まるで自分が笑われた気がして、僕はテレビを消した。

リビングダイニングが静まり返った。

カウンターの向こうで冷蔵庫が唸《うな》っている。

喉が渇いていることに気付いて、僕はキッチンに向かった。冷蔵庫から牛乳を取り出し、ラッパ飲みで中身を空ける。

パタン、と冷蔵庫を閉めたところで、メモに気付いた。冷蔵庫の扉にワニの形をしたマグネットで貼り付けられている。

車やヘリコプターのイラストがあしらわれた、水色の小さなメモ用紙。その中央に、母さんの丁寧な字でこう書かれていた。

〈卓也へ　ごめんね　先に行きます〉

身体の芯を強く握りしめられたような感覚に襲われた。ツンと目鼻の奥が痺《しび》れる。胸と腹が同時に、別々の痛みを訴える。

僕への呼びかけ、詫びの言葉、そして曖昧《あいまい》な報告。

これらが意味するところは、まさか、まさか。

考えたくなかった。想像したくなかった。でもそうせずにはいられなくなっていた。車も両親の靴も隆太の靴も家にあった。つまりこれは比喩《ひゆ》だ。三人は家ではないどこかに行ったわけではないのだ。この世界のどこかに行ったわけではないのだ。

ここではない世界に行ってしまったのだ。

だから僕に謝っている。

足から一瞬で力が抜けていた。

少しでもバランスを崩すとその場に倒れてしまいそうだった。

風呂場だろうか。いや、二階だろうか。両親の寝室か、それとも隆太の――

三人は、三人の身体は。

そこに並んで横たわって、そうでなければ並んで揺られて――

頭上の気配が気になった瞬間、ぽこん、と嫌に明るい音がキッチンに響いた。

牛乳パックが足元に転がっていた。わずかに残った中身が床に散っている。ほとんど無意識に屈《かが》んで拾い上げた瞬間、僕は「あっ」と声を上げていた。

スキー合宿に行く前日、日曜日の夕方のことだ。

家族四人で外食することになっていた。僕は朝から勇気と豪の三人で街に出て、ボウリングで遊んでいた。フードコートで駄弁《だべ》っているといつの間にか、家に帰る予定の時刻を過ぎていた。

慌てて帰宅すると冷蔵庫のまさにこの位置に、このメモが留めてあった。僕は申し訳ない気持ちになりながら、最寄り駅の前にある中華料理屋に急いだのだった。

「くそっ」

早合点した自分が恥ずかしくなって、僕は牛乳パックをゴミ箱に放り込んだ。洗って乾かしてハサミで切って、リサイクルに出すのが我が家の習慣だが、とてもそんな気にはなれなかった。書き置きをマグネットと冷蔵庫の間から引き抜き、丸めようとして躊躇《ためら》い、結局元に戻した。

キッチンを出てソファに勢いよく座る。カーテンの隙間からわずかに覗く暗闇がやけに目障りで、すぐに立ち上がって駆け寄り、引っ摑んで完全に閉じる。ソファに戻ってリモコンを手にし、テレビに向ける。

暗いテレビ画面に白い影が浮いていた。

輪郭のはっきりしない、丸みを帯びた影。

真っ黒な顔が載っている。目も鼻も口もない黒い顔が、僕を見ている。リモコンを取り落としそうになって慌てて両手で摑む。白い影が僕に合わせて動いているのが見える。影が像を結ぶ。

僕だった。

コートの下に着ていた薄手の白いダウンベストが、真っ暗な画面に反射して目立っているだけだった。合宿のために買ったばかりなせいもあるだろう。白いベストを着ている自分を、脳がイメージできないでいるのだ。だから怪しい影だと認識してしまったのだ。

殊更に理屈立てて考えていると、白い影は見えなくなった。テレビに映っているのは明らかに僕で、それ以外では有り得ない。

分かったからといって少しも落ち着かなかった。心がざわざわと音を立てている。みんなどこに行ってしまったのだろう。何が起こったのだろう。

廊下の気配が気になって振り向くと、ドアのすぐ側の電話台が目に留まった。複合機が置いてあった。壁に掛かったホワイトボードに、電話番号がいくつも書かれている。

すっかり忘れていたことをようやく思い出した。父さん母さんの携帯に連絡すればいい。今まで思い付かずにいた自分の馬鹿さ加減が嫌になる。

滑るように電話台の前に移動して、僕は受話器を摑んだ。ホワイトボードを見ながら、「ゆきえ」と母さんの名前が添え書きされた番号を打ち込む。

ぷるるるる　ぷるるるるる

繰り返すごとに僕の心はそわそわと落ち着かなくなる。さっき行ったばかりなのにまたトイレに行きたくなっている。

いつまで待っても電話は繋がらなかった。受話器を握る手が汗ばんでいる。感じるはずのない気配を背後に感じたような気がして、僕は壁に背中をぴたりと押しつけた。カウンターキッチンを見るともなく見る。

ぶつり、と音が途絶えた。

母さんは出ず、留守番電話サービスセンターに繋がるわけでもなく、ツーツーと通話を切った音がするでもない。電話口から聞こえるのは無音だけだった。そう表現したくなるほど何の音もしなかった。

耳を澄まそうとしたところで、ぎゅっと心臓が縮み上がった。

音のない世界に聞き耳を立てることが、不意に怖くなった。

次の瞬間にはとてつもない大音量が響き渡るのでは。

そうでなければあちらの世界に吸い込まれるのでは。

受話器を耳から引き離して妄想を振り払った。有り得ない、ふざけている、絶対に起こり得ない。そう頭の中で並べ立て、呼吸を整える。

何が起こったのかは知らないけれど、こういうこともあるだろう。そう自分に言い聞かせる。気を取り直して打ち込んだのは「まさし」、父さんの電話番号だった。考えてみれば、父さんに電話をかけるのは初めてだ。家に電話するといつも母さんが出る。ごくたまに隆太が出る。父さんが出たことは一度もない。父さんの携帯に電話したこともない。どんな風に電話に出るのだろう。どんな声で応対するのだろう。知らないし見当も付かなかった。

場違いな気恥ずかしさと緊張を覚えながら、僕は呼び出し音を聞いていた。七コール目まで数えたところで、かちゃ、と音がした。

「はいっ」

歯切れのいい声がした。想像以上に高い声だ。胸が締め付けられ、喉が狭まるのを感じる。僕は必死で言葉を絞り出した。

「た、卓也です」

「え？　はい？」

刺々《とげとげ》しい声が返ってくる。電波が悪くて聞き取れないのだろうか。

「息子です。息子の卓也です。ちち、いや父さんですか」

何故こんなにたどたどしいのか、と自分を殴りたくなる。

沈黙が数秒続き、息苦しさを覚えたところで、

「あー、あー」

妙に間延びした声が電話口から聞こえた。

「父さん?」

「あー」

「あのさ、今どこにいるの?」

「えー、どうして?」

「いや……」訊き返されるとは思っておらず、僕は戸惑いながら、「誰もいないから。一緒じゃないの?」

「ううん、一緒」

子供のような言葉遣い。父さんは電話だとこんな話し方をするのか。

意外だ。というより――

気持ち悪い、と思いかけて急いで頭を切り換える。

「今どこ?」

「え? 何?」

「今どこにいるの?」

「あー」

父さんはまた間延びした声で言うと、

「迎えに」

「え？　じゃあまだ学校？」

行き違いになったのか。校庭にいたのにお互い気付かなかったのか。

「がっこ、う」

父さんはそこまで口にして黙った。

「あれ、父さん？」

沈黙が続く。返事がない。

「もしもし？」

さらさらとノイズが鳴っている。

「あれ、電波悪い――」

「家だな？」

出し抜けに父さんが訊いた。

「家にいるんだろう？　なあ？」

間髪《かんはつ》容れずに質問を重ねる。声がさっきまでと違っていた。僕は何も言えずに受話器を握りしめていた。答えることができなくなっていた。大前提を疑っていた。

電話の向こうにいるのは、父さんではないかもしれない。間違えてかけてしまったのかもしれない。現に今まで、一度も名前を呼ばれていない。

「……どちらさまですか」

恐る恐る問い質した瞬間、

「訊いてるのはこっちだろうが、おい」

低い声が響いた。

すぐ耳元で、すぐ後ろから囁きかけられたような声だった。僕は「ひっ」と小さく叫んで通話を切り、受話器を電話台に投げ置いた。その場で固まる。腰から力が抜け、足から根が生えたように動けなくなる。

息が乱れていた。

今のは間違い電話で、父さんではない。父さんであるはずがない。絶対に違う。そう頭の中で繰り返した。

呼吸が落ち着いたのを確かめてから、僕は廊下に出た。フローリングを踏みしめて玄関に向かい、靴を確認する。隆太が一番よく履く靴が見当たらなかった。両親の靴は分からない。普段どんな靴を履いているのか、今まで気にもしなかったことを思い出す。

両親なのに。ずっと一緒に暮らしているのに知らない。

でも隆太が外に出ているから、少なくとも父さんと母さん、どちらか一人が隆太と一緒にいるだろう。分かったことといえばその程度で、心細さにチクリと胸が痛んだ。顔をしかめながらリビングに戻ろうとして、僕はその場に立ち止まった。

おかしい。

何かが変だ。絶対に変だ。

でも何かは分からない。口の中が一瞬で渇いていた。

どうしたのだろう、と焦りをおぼえたところで、靴箱の隣のゴミ箱が目に留まった。銀色の、高さ五十センチほどの円筒形。中に紙くずが入っているのが、辛うじて見える。

「なんだよ、もう」

僕はひとりごちた。声が廊下に響く。

違和感の正体はあれだ。

あの銀色のゴミ箱は、普段ならダイニングに置かれているものだ。分かってみればどうということもない。僕はゴミ箱に近付いた。ここにある理由は分からないがどうでもいいことだ。そう思って何気なく中をのぞき込む。

くしゃくしゃになった紙が何枚か突っ込まれていた。メモ用紙だ。何か書いてある。一番上の一枚を摘まみ上げて開いた。

瞬間、息が詰まった。

ぎりり、と音がしそうなほど胸が痛んだ。

皺《しわ》くちゃのメモ用紙には、母さんの字でこう書かれていた。

〈卓也へ　ごめんね　先に行きます〉

三

冷蔵庫の前で、手にした二枚のメモ用紙を見比べていた。左手のものは冷蔵庫に留めてあったもの。右手はゴミ箱に入っていたものだ。

筆跡は全く同じだった。

メモ用紙の全く同じ位置に書かれていた。重ねて照明に透かしてみると、文字はぴったりと重なって見えた。右上の方にある、直径五ミリほどの油染みまで完全に一致していた。

ふっ、と床板がなくなったような感覚に襲われ、僕は慌ててその場で板張りを踏みしめた。靴下越しに硬く冷たい感触が伝わる。たしかに足場は存在する。それなのに少しも心は落ち着かない。むしろ掻き乱されている。バスで学校に到着する間際に感じた、あの軽い吐き気が甦っている。

目眩《めまい》がしていた。

些細な、でも有り得ないことが起こっている。

ここにいる、この場所に存在しているという確信が脅《おびや》かされている。たった二枚のメモ用紙で揺さぶられて不安になっている。こんな紙切れごときで。お世辞にも上手いとは言えない、ボールペンで書いた文字くらいで。

躊躇いの気持ちが湧く前に、僕は二枚のメモ用紙をまとめて握りつぶした。ぐしゃぐしゃに丸めてゴミ箱に投げ込もうとして、そこで固まる。

何枚かのメモ用紙が牛乳パックの下に見えた。少なく見積もって十枚、いや、もっとか。どれにも字が書いてあった。

油染みもある、ような気がした。

僕はゴミ箱を直《じか》に見ないようにして、一つに丸めたメモ用紙を投げ捨てた。縁《ふち》に当たって床に落ちたような気がしたが、確かめはしなかった。

意味が分からないまま僕は浴室に向かった。ドアを開ける直前は緊張したけれど、誰もいないと分かった瞬間に力が抜けた。階段を上って二階の電気を点け、個室をすべて検分する。両親の寝室には誰もいなかった。隆太の部屋にも誰もいなかった。父さんの書斎にも。二階のトイレにも、物置にも。もちろん僕の部屋にも。

僕はこの家にいる。

でも、この家には僕しかいない。

事実を改めて確認し、突き放されたような感覚に陥っていた。

ベッドの枕元の目覚まし時計は十時半を示していた。小学四年生の時に買ってもらったシンプルなものだ。文字盤は白く、それ以外は青い。コチコチコチコチコチコチと時を刻む音が聞こえる。いつもよりずっと大きく耳に響く。寒々しい音、という言葉が頭に浮かんだ。聞いているだけで身体が冷えていくような気がした。吐く息まで白く見える。

違う。本当に白い。つまり実際に寒い――室温が低いのだ。僕は慌ててエアコンを点けた。温かい風が目を乾かすのを感じながら、僕は考えた。

エアコンは切ってあった。しかも寒かった。他の部屋もそうだった。ということはみんなが家を空けてから、ある程度時間が経っているわけだ。例えば僕が帰宅する五分前、十分前では有り得ない。わざわざエアコンを切ったということは、慌てて家を飛び出したわけでもないらしい。

つまり父さんも母さんも隆太も、事故にあったり事件に巻き込まれたりはしていない。急病になったのでもない。親戚も同様だ。

僕はそう結論づけた。理屈から考えてそうなる、間違いないと心の中で断言した。

いや――だとしたら変だ。

電気も炬燵もテレビも点いていたこととの、辻褄《つじつま》が合わない。

いよいよ混乱していた。家族が家にいない理由が全く分からなくなっていた。

僕は記憶を辿った。スキー合宿に行く前の、この家でのやりとりを思い出す。母さんは何も言っていなかった。父さんもだ。どこかに出かけるとは聞いていない。

車はあったから、山を下りてレストランか何かに出かけたりもしていないだろう。近所付き合いは「なくもない」程度で、例えば隣の家の夕食に招かれたり、連れ立ってどこかへ行ったりは今まで一度もない。少なくとも、僕が物心付いてからは。

目覚まし時計は十時三十五分を示していた。文字盤は白く、それ以外は青い。学習机の上でコチコチと時を刻んでいる。さっき見てから五分しか経って――

僕は息を吞んだ。

ドアへと無意識に後ずさっていた。

机にもベッドにも目覚まし時計があった。

全く同じ二つの目覚まし時計が、全く同じ時間を指していた。

「あ……あ」

しわがれた声が自分のものだとようやく気付く。

二つの目覚まし時計から目を離すことができず、背を向けることもできず、僕は後ろ向きにドアをくぐり、そっとドアを閉じた。

心臓が胸を内側から激しく叩き、痛みすら感じていた。

やっぱり夢ではないか。夢を見ているのではないか。この焦りは、追い詰められて泣きそうな気持ちは、まさに夢から覚める直前のそれに近い。夢を夢だと認識する少し前の、あの感じそのものだ。

両頰を挟むように叩いたが、痛いだけで目は覚めなかった。廊下で立ち竦《すく》んで考える。何がどうなっているのか。どうすれば元に戻るのか。

次は何が二つになっているのか、何が倍になっているのか。想像しそうになって堪《こら》える。眼前の階段はいつもと同じに見える。倍の段に増えている様子はない。背後に三階へと続く階段ができていたりもしない。

乾ききった唇を舐めると、刺すような痛みが走った。少しばかり裂けたらしい。血の味が舌の上に広がる。生々しい。これは現実だ。夢ではない。そう思うと胸が苦しくなった。

ぱわわわわ、と階下から電話が鳴り響き、僕は飛び上がった。新たに湧き上がる不安を振り払って、階段を駆け下りる。つるつると足が滑って転びそうになるのを、冷たい手摺《てすり》を摑んで耐える。一階の廊下に着地してそのままリビングダイニングへと向かう。

複合機のオレンジ色の画面には、知らない番号が表示されていた。

「もしもし」

受話器を耳に当てると同時にそう呼びかけると、「夜分恐れ入ります」と聞き覚えのある声がした。すぐに、

「相沢と申しますが、卓也くんはいらっしゃいますか」

「豪」

思わずそう口にしていた。

「僕です。卓也です」

声が上ずっていることに気付く。安心して気が緩んでいる。友人の声を聞いて嬉しくな

っている。

「どうしたの、こんな時間に」

口元が綻《ほころ》んでいるのを感じながら、そう訊いた。ややあって、豪が答えた。

「いや、災難だな、卓也」

「え？」

「訊いてない？　転送が中途半端になってるらしい。どうも新しいシステムがこの星の気圧と相性悪いみたいだな。そっちにもダブってる状態なのがちらほらあるんじゃないか」

そこで黙る。特に説明する様子はない。

僕は絶句していた。足ががくがくと震えていた。つつ、と水っぽい鼻水が上唇を濡らす。視界がじわりと滲《にじ》む。

怖くなっていた。

豪の言うことが本当に意味不明なら、ここまで恐怖しなかっただろう。だが、彼の言葉にはほんの少しだけ、理解できる部分があった。

ダブッてる状態なのがちらほらあるんじゃないか――

この家で起こっていることと符合している。

「まあでも今はちょっと不便かもしれないけど、生活に支障が出るほどじゃないからって、祖母ちゃんが言ってた」

「……ば、祖母ちゃん、が」

「そう。だから放っといたらそのうち完了するって」

やれやれだなあ、と豪が笑った。

笑い話なのか。今この状況は特に深刻ではないのか。当たり前のことのように話が進んでいる。取り残されている。それが怖い。悪い夢と同じ怖さだ。でもこれは夢ではない。

「そっちは順調？」

「え？」

「だから順調かって。親と、あと隆太だったっけ」

「う、うん」

「家族はみんな転送完了したんだろ？」

「ああ、もちろん」

とりあえず答えておく。

「おい、冗談はよせよ」豪は呆れたような口調で、「あれか、そんなに出世が大事か？」と訊く。皮肉が込められているらしいが、何に対する皮肉なのか、問いに対してイエスと答えると何故「冗談」になるのか、全く理解できなかった。

助けてほしいと思っていた。

父さんと母さんの顔を思い浮かべていた。

隆太も加えて家族四人でいることを想像していた。

家に一人でいることが耐え難くなっていた。

おかしなこと、有り得ないことが起こっていて、僕だけではどうにもならない。心細くて気が変になりそうだ。この場で絶叫してしまいそうだ。

気が付くとしゃがみ込んでいた。電話台に寄りかかり、受話器を抱くようにしている。

電話の向こうでは豪がまだダブりがどうのと繰り返している。

「聞いてるのか？」

刺のある声で彼が訊いた。

「あ、うん」

洟《はな》を啜《すす》りながら答えると、

「だからダブりとは普通に接するのが一番いいって話」

「へえ」

「可哀想っちゃ可哀想だけどな、魂も廃棄されて――」

がちゃり、と玄関の方で音がした。

四

足音と物音と気配がする。複数の息づかいが感じられる。視界がぱっと明るくなり、身体が軽くなる。僕は喋り続けている豪に「ごめん」と一言詫びて立ち上がり、通話を切った。すぐさま廊下へ飛び出す。

父さんが廊下に上がるのが見えた。

眼鏡が白く曇っている。大きな身体に胡麻塩頭、頰の深い皺、よれよれのダウンコート、全て記憶の中の父さんと同じだ。

隆太がつつつ、と廊下を滑って現れる。この季節でパーカーとハーフパンツなのが信じられない。でもそれが隆太だ。いつも真っ赤な頰が今日はさらに赤い。

母さんが続く。パーマを当てていた髪がストレートになっているけれど、間違いなく母さんだ。スキー合宿中に変えたらしい。「寒かったねえ、ほんと寒かったねえ」と二の腕を擦《こす》る。母さんの声、母さんの仕草。

僕は感極まって三人の前に走り出た。

「ただいま！　じゃない、おかえり！」

三人が同時に動きを止めた。ぽかんと口を開ける。

「あー……」

父さんが妙な声を漏らす。隆太は目を丸くしている。母さんは「あら、やっぱりかあ」と妙に悟《さと》った声で言う。

訳が分からず固まっていると、がちゃり、と再びドアが開いた。コートを着た小柄な少年が入ってくる。大きなリュックを背負っている。

僕だった。

どう見ても僕としか思えない少年が、疲れた顔で現れた。緩慢な動作で靴を脱ぎ、顔を上げる。

「うわ」

僕を見るなり軽くのけぞったものの、すぐに体勢を立て直す。

「ただいま、なのかなあ」

父さんが複雑な表情で、僕に声をかけた。母さんが「だと思うよ、ただいま」と続く。視線には憐れみが込められていた。隆太は横目で僕の様子をうかがっていた。

僕が困った顔で「うっす」とお辞儀して、僕の前を通り過ぎた。彼とともに他の三人も歩き出し、リビングへと向かう。僕は玄関ドアに向かったまま、耳だけで皆の様子をうかがっていた。

「あれがダブり？」

隆太の声がした。

「そうだよ」と父さんが答える。「この星に元からあるモノ。転送中に時空の乱れでエラーが出るとね、元からあるのと父さんたち、両方が残っちゃう」

「へえ」

「普通なら廃棄されるの」

母さんが補足する。

「じゃあ、あれも本当なら……」

隆太の声が小さくなる。

「そうだよ。形と知識さえ複製できれば、あとは要らないからね」

「可哀想」

「あー、はいはい、偽善者おつかれさん」

僕の声がした。うんざりした口調で隆太をなじる。僕が隆太に接する時と同じなのが、この距離からでも分かる。豪や勇気には見せない態度。家族の前、弟に対してだけ見せる、偉そうな兄の振る舞い。

「ちょっとちょっと見て、リモコンが冷蔵庫の中にある」

母さんが嬉しそうに言った。書き置きや目覚まし時計と同じようなことが、テレビのリモコンにも起こった、ということだろう。

楽しそうに語らう家族の声を、僕は黙って聞いていた。父さんが何か言って、母さんが「何言ってんの」と呆れてみせる。ぱん、と鳴ったのは母さんが父さんの背中を、冗談で叩いた音だろう。隆太が勢いよくソファに突っ伏す音もする。僕ががさがさとコートを脱ぐ音もする。

感情が徐々に追いついてきて、腹の底から悲しみが込み上げてきた。周りの空気が酷く冷たく感じられる。少しでも足を動かすと転んでしまいそうなほど、下半身に力が入らなくなっている。

向こうで団欒《だんらん》しているのは、どうやら僕の家族ではないらしい。話の断片をつなぎ合わせると、人ですらない存在のようだ。でもドアの向こうから聞こえる声は、音は、たしかに父さんと母さんと隆太、そして僕のものだった。

震えながら突っ立っていると、かちゃりとドアが開いた。振り向かなくても「僕だ」と分かる。僕の形をした何かが、僕を見ている。気配で何となく分かる。

「あの、すみません。ちょっと来てもらっていいですか」

不明瞭な声で僕が僕に言った。

父さんと母さん、隆太が炬燵を囲んでいた。僕がソファに腰を下ろす。

「まあ、好きなところにかけてくださいな」

父さんに言われて、僕はカーペットの隅に体育座りした。気詰まりな沈黙がしばらく続いた後、父さんが話し始めた。

「転送が完了するまでは、普通に暮らしてもらって構わないから」

「……え？」

「今までどおり家族として、この家で私たちと生活してください。学校やなんかも自由に通ってくれていい。この地域に他にダブりはいないみたいだけど、だからって排除するようなことはしない」

「遠慮しないでいいのよ、卓也」

「卓也はこっちだよ、母さん」

ソファに座った僕が不満げに言った。冷ややかな目を僕に向け、

「面倒なこといろいろ出てくるんじゃないかなあ。あと経済的な面でも問題が」

と訳知り顔でつぶやく。

「大丈夫よ。何とかなる」

母さんが胸を張って言った。目を細めると笑い皺が目立つ。顔も仕草もそうだが、話し方も話す内容も、母さんそのものだ。

父さんも隆太も、今までとまるで変わらない。この家は何も変わらない。少しばかりモノがダブっていて、僕がもう一人いる以外は。

父さんが姿勢を正して言った。

「よろしく。まあ、自分の家だと思って、リラックスしてください」

解説

杉江松恋《すぎえまつこい》（書評家）

澤村伊智《さわむらいち》はオリジナルを書くことに固執する作家である。

独自の世界を創出する仕事なのだから「オリジナルを書く作家」というのは反復気味に見えるかもしれない。だが、澤村の場合は、独自であることへの執着が半端ではない。他の書き手と同じ言葉を使っても、一語一語に違う読み仮名を振ってしまいたい。実はそのくらい違うということに固執する作家なのではないかと思う。同時に、おもしろく読ませる、ということへの技術的な拘《こだわ》りも強く感じる。自分の小説が読みにくいと言われるのが、たぶん本当に嫌なのだ。この二つの志向を両立させるという無茶な課題をこなすために、厖大《ぼうだい》な燃料を焚《た》きながら書いている作家だ。火事になろうかというぐらいに燃え上がる内燃機関。

単行本版の『ひとんち　澤村伊智短編集』は、奥付準拠で言えば二〇一九年二月二十五日に光文社から刊行された。今回が初の文庫化である。澤村のデビュー作は二〇一五年に

第二十二回日本ホラー小説大賞を受けた「ぼぎわん」（『ぼぎわんが、来る』と改題。同年十月刊。現・角川ホラー文庫）だ。霊媒師である比嘉《ひが》真琴《まこと》と琴子《ことこ》の姉妹が登場するシリーズの第一作にあたり、二〇一八年には中島哲也《なかしまてつや》監督により「来る」の題名で映画化された。デビュー後の澤村はしばらくこの比嘉姉妹シリーズを書き続けており、二〇一八年十月には彼女たちを主役とした連作短篇集『などらきの首』（角川ホラー文庫）を発表している。同書を除けば『ひとんち』が作者初の短篇集である。〈澤村伊智短編集〉という副題が付されているのはそれ故だろう。

表題作の「ひとんち」は澤村の短編では最も早く発表されたもので、直後には『小説新潮』二〇一六年九月号に「円環世界」が掲載された。刊行時期が接近していて、媒体の問題で順番が前後した可能性はある。つまり、作者が最初期に執筆した短編が本書には収められているのだ。澤村はさまざまな顔を持つが、『ひとんち』収録作とほぼ同時に執筆された、ＳＦ色の強い短篇は二〇一九年七月に早川書房から刊行された『ファミリーランド』に集められている。関心のある方は併読をお薦《すす》めしたい。

新しいものを産みだしたいという澤村の衝動が、短篇の多様性という形をとって本書には詰まっている。初めての短篇集ではどの作家も、自分にはこれも書ける、これも読ませたい、と欲張るものだ。執筆できることが嬉しくて仕方ないからである。そうした第一短篇集の中でも、ここまで才気と若い創作衝動が詰まっている例というのは珍しいと思う。

収録作を読み比べてみると、一つとして同工のものがないことがわかる。使い回しなど意地でもするか、と澤村が呟くのが、耳のいい読者には聞こえるのではないか。

表題作は気の置けない同士の女友達三人が集まって会話をしている場面から始まる。語り手の〈わたし〉はアルバイトを通じて二人と仲良くなった。十五年来の知己だがしばらく疎遠になっていて、ひさしぶりに交流が復活したのだ。実業家と結婚して年初に戸建て住宅を購入したという香織の家に〈わたし〉たちは押しかける。

同性の仲間とざっかけない話をしているだけなのに、語り手は立場の違いを言葉の端々などに見出してしまい、一人勝手に心中で気持ちを拗《こじ》らせていく。そういう場面を綴っていく作品のように見える。女子の面倒臭さを描いた小説、とでも言うべきか。普通の会話を書いても澤村は上手いので読まされてしまうが、あるところで物語の雰囲気は一変する。これが本作の仕掛けだ。日常に切れ目が入り、ぞろりと怪異が覗くのである。

次の「夢の行き先」(『ナイトランド・クォータリーvol.9』二〇一七年五月)は同じ怪異を描いてもまったく種類が異なる。これは法則探しの小説だ。冒頭で、語り手が少年時代に連夜悪夢を見るようになったことが語られる。ここで「小学五年の二学期、十一月十四日」という起点を「あくまで『僕にとっての』始まりだが」と書いているのがもう仕掛けの始まりなのである。持って回った言い方をする理由は、読み進めていくうちに判明する。

澤村には怪異を描くだけではなく、それがどのように発動していくのか、を論理的に解明していく作品が多い。第一作の『ぼぎわんが、来る』がまずそういう小説であった。主として恐怖の感情に訴えるホラーと、論理によって構築されるミステリー、その二つのジャンルを股に掛けて執筆を行うという資質のなせる技だ。二〇二〇年に澤村は『うるはしみにくし　あなたのともだち』（双葉社）という教室を舞台にしたホラーを発表したが、『小説推理』での連載は二〇一七年五月号から始まっており、「夢の行き先」とは話の構造に共通したものを感じる。怪異は、なぜ発動するか、が解っても怖くなることがあるのだ。

　次の「闇の花園」（『小説宝石』二〇一六年十月）も偽装が巧く、ミステリー的などんでん返しが効果的に使われた作品である。Aと思っていると実はB、というのはミステリー短篇におけるプロットの基本だが、その引っくり返しだけだとワンアイデア・ストーリーで話は薄っぺらなものになる。本作では、母親による児童虐待を疑う教師を語り手に置くことにより、作者は読者の感情を操作している。視《し》野《や》狭窄《きょうさく》に追い込んでおいて、ある時点でそれを強制的に広げるのである。目が眩《くら》むような読書体験が味わえる一篇である。

　その後の四作はいずれも『ジャーロ』に発表された短篇だ。「ありふれた映像」（同六十二号。二〇一七年十二月）は都市伝説的な構造を持った作品で、視覚効果を強く意識している点が非常に現代的である。読みながら私は諸星大二郎「不安の立像」（集英社ジャンプスーパーコミックスの同題作品集所収。一九九三年）を連想したのだが、かの名作のような展開になるかと思いきや、ぷつりと話が断ち切られてしまい、却って不安にさせられた。ずるいぞ。「宮本くんの手」（同六十三号。二〇一八年三月）もやはり現代的な題材を扱っている。ストレス溢れる環境と、神経症的な恐怖の短篇というべきか。あ、それは止めて、というような展開になるので、生理的に応える結末だ。「シュマシラ」（同六十四号。二〇一八年六月）は、日本ホラー小説大賞の某先輩を思わせる非日常に力ずくで引き込まれる短篇である。物語後半で見せられる情景は滑稽味が漂っており、だからこそ凄絶《せいぜつ》なのだが、入口になるのがパチものの食玩というところに洒落が効いている。サブカルチャー的な遊びを見せておいて油断をさせる、というのも澤村がよく使う手だ。もう一作の「死神」（同六十六号。二〇一八年十二月）は、冒頭で「不幸の手紙」という昭和のフォークロアが示される。続く展開とそれが結びつかないので最初は頭に疑問符が浮かぶのだが、その趣向が判明したときには取り返しのつかない地点まで読者は招き入れられている。だんだん速度を上げて映像をコマ送りにしていくような演出が行われていて、その速度の操り方が肝《きも》なのだろうと思う。

ここまでなるべくネタばらしにならないように各篇について触れてきた。どれ一つとっても同じに見えない、という私の感想に頷けていただけただろうか。巻末の「じぶんち」のみが単行本化にあたって加えられた書下ろし作品である。巻頭の「ひとんち」と呼応しているように見える題名だが、恐怖の質はまったく異なる。ここで描かれているのは孤独の恐怖だ。巨大な世界を前にしてみると自分の存在はひどく小さく、押しつぶされそうな不安を感じる。それを味わわせてくれる短篇なのである。幕切れは実に印象的だ。

日常を切り裂く手際の鮮やかさ、そこから覗く異世界の毒々しさ、時間を巻き戻すことはできないという事実の残酷さ。そうしたもので本書はできている。澤村伊智という作家の資質を端的に表すものがここには詰まっており、一度読んだら絶対に忘れられない強靭《きょうじん》な魅力を備えた短篇集である。心に澤村伊智という刻印を押されてもよければ、ぜひ一読を。

※この作品はフィクションであり、実在の人物・団体・事件とは一切関係ありません。

二〇一九年二月　光文社刊

光文社文庫

ひとんち 澤《さわ》村《むら》伊《い》智《ち》短《たん》編《ぺん》集《しゅう》

著 者　澤《さわ》 村《むら》 伊《い》 智《ち》

2022年2月20日　初版1刷発行

発行者　鈴 木 広 和
印 刷　萩 原 印 刷
製 本　榎 本 製 本

発行所　株式会社 光 文 社
〒112-8011　東京都文京区音羽1-16-6
電話 (03)5395-8149 編 集 部
8116 書籍販売部
8125 業 務 部

落丁本・乱丁本は業務部にご連絡くだされば、お取替えいたします。
ISBN978-4-334-79305-0　Printed in Japan

組版　萩原印刷

光文社文庫最新刊

Blue	葉真中《はまなか》 顕《あき》
エスケープ・トレイン	熊谷達也
ひとんち　澤村伊智短編集	澤村伊智
十津川警部　猫と死体はタンゴ鉄道に乗って	西村京太郎
京都文学小景　物語の生まれた街角で	大石直紀
しあわせ、探して	三田《さんだ》千恵